悦讀紀
ENJOY READING ERA

文化品位
优雅生活

—— 阅读改变女性·女性改变未来 ——

小脚丫丈量大世界

——大自然是最好的教室——

张灯 /著

4岁前，5个大洲，18个国家，
一边行走，一边长大

青岛出版社
QINGDAO PUBLISHING HOUSE

序：给我们最亲爱的宝贝小Y

小Y：生于2010年的射手座小老虎。在妈妈肚子里就去了塞舌尔、南非和苏格兰，出生以后从两个月开始跟着爸爸妈妈周游世界。四岁时已踏足过五大洲的二十八个国家和地区，就连"抓周"时都毫不犹豫地选择了飞机。

小Y妈妈：热爱旅行而且疑似有计划旅行强迫症，不是在旅行，就是在计划旅行。足迹已经踏遍六十个国家，上学时没钱，工作后没时间，结婚了、怀孕了、当妈了，都无法阻挡她旅行的步伐！

小Y爸爸：喜欢旅行但从不计划旅行，美其名曰好男人的最高境界是老婆说去哪里，就扛上她的包陪她去哪里。信奉完美旅行最需要的是意外惊喜，自认为多次力挽狂澜把原本平淡的旅行变得精彩。

这就是我们一家人，这本书记录了从我怀孕到小Y三岁之间的旅行故事。

我和老公都是中国第一代独生子女，大学毕业后出国留学，并逐渐开始在世界各地自助旅行。最初的我们只是单纯地想要去看看这个世界，而旅行却在不知不觉之间改变了我们的生活。从求学毕业到工作结婚，我们几乎从不放过任何可以去旅行的机会。环游世界渐渐从一个遥不可及的梦想，变成了我们生活中不可或缺的一部分。

四年前，儿子小Y突然闯进了我们的世界，我们一下子从两个潇洒走四方的年轻人，变成了上有老下有小、还有房贷有责任的新爸新妈。我们究竟要成为什么样的父母，应该用怎样的方式养育小Y？环游世界的旅途，是否也必须因为孩子的降临而戛然而止？毫无经验的我们从零开始，学习怎么抱孩子，怎么换尿布，怎么喂奶拍嗝。在中西方育儿观念的交融与碰撞中，我们努力地寻找着两者之间最佳的平衡点，摸索着自己的育儿理念。我们并不想为小Y设计他未来的样子，只是希望能给他广阔的空间和平台，让他找到自己的梦想和想要的生活方式，并有为之坚持下去的能力和决心。

小Y两个月时，我们重新开始了新的旅程，不同的是，两个人变成了三个人。那时候的小Y，如同一件小行李。我们带上他一起去旅行的初衷，也只是在梦想与现实之间找到一种平衡。我们觉得，有了孩子，也不想轻易放弃携手看世界的梦想，因为为人父母的前提，应该是先做好自己。而父母对生活的热情和对梦想的坚持，才是孩子未来成长过程中最好的榜样。但是，我们也不愿意不负责任地把孩子交给别人去照顾，自己潇洒远行。所以，带上他一起出发，是我们能想到的唯一解决方法。对旅行的执着和对孩子的挚爱，逐渐帮助我们克服了最初的担忧和忙乱，让我们在带孩子旅行这条路上越走越远了。

小Y一岁多时，渐渐从我们的小行李，变成了旅途中不容忽视的平等一员。他对于旅行已经越来越驾轻就熟了，也开始有了自己的喜好和意见。我们更是不断发现，旅途中的他不仅吃得好、睡得香、玩得开心，而且还常常给我们带来意想不到的惊喜。他在西班牙学会了用吸管喝水，在邮轮上学会了自己上厕所，在法国开始语言大爆发，在意大利主动安慰在飞机上哭闹的小姐姐，还在美国遇到了他人生中的第一个好朋友。所有这些，都是我们和小Y在旅途中意外的收获，因为我们从来也没有想要把单纯快乐的旅行刻意变成培养和教育他的手段。但是，一次又一次的亲身经历让我们逐渐相信，小Y在旅途中的成长变化并不完全是巧合。当我们带着孩子离开熟悉的环境到陌生的地方旅行时，那些不同于日常生活的见闻和体验，总是会在孩子身上发生某些微妙的化学变化。

小Y两岁之后，每一次出门旅行前他都比我们还要激动，在旅途中更是仿佛有永远都用不完的热情。看到他发自内心喜欢旅行，我们逐渐意识到，旅行已经成了我们这个三口之家共同的爱好，而这正是我们带小Y一起去旅行最大的收获和幸福。养育孩子的方法有很多，经常带他去旅行，其实也只是其中极为平常的一种。这就如同喜欢音乐的父母，会自然而然地让孩子接触到更多的音乐；而喜欢画画的父母，则会在不经意之间启发孩子更早开始涂鸦一样。说到底，其实就是父母的兴趣爱好和生活态度在不知不觉之间影响到了孩子。我们知道，小Y在旅途中的那些成长和变化，并不一定只能通过旅行来实现。但带着他一起去看这个世界，却是我们选择的陪伴他慢慢长大的方式，一种让我们三个人都感到快乐幸福的方法。

孩子长大的速度，快得让我们有些措手不及，似乎只是眨眼之间，小Y就已经四岁了。按照英国学校的传统，孩子们七岁时便会第一次离开家和老师同学在外过夜旅行。而他恐怕也将从此逐渐远离我们的视线，开始和自己的朋友们去露营，去当背包客，去走自己的路了。我们和他共同旅行的机会，可能只会越来越少。这本书，是我们的旅行故事，也是小Y的成长故事，是我们送给他的礼物，纪念他可能不会拥有记忆的人生最初阶段。

这是一本新爸新妈写给新爸新妈们的书。它不是一本典型的旅行书，没有什么景点介绍和旅行攻略，所有的故事几乎全是琐碎的妈妈经。它也不是一本专业的育儿书，还在摸着石头过河的我们只是忠实地记录下为人父母这几年来的一些点滴体会。带着小宝宝去旅行，不仅仅是浪漫温情的亲子游，更不是不负责任的鲁莽冒险，这当中有很多额外的辛苦也需要不少特殊的准备。孩子出行的年纪不是关键，关键是爸爸妈妈们旅行前的充分准备和日常生活中对孩子的培养锻炼。我们希望，这本书中的内容能给和我们一样爱旅行更爱孩子的年轻爸爸妈妈们，带来一些小小的鼓励和实际的帮助。

目录
CONTENTS

序：给我们最亲爱的宝贝小Y

第四章：让我们一起把地图填满

第五章：非典型育儿经

小Y的足迹地图：

缘起

从潇洒走四方的人，一下子变成了怀孕妈妈。
发布带小宝宝旅行的微博，曾一石激起千层浪。

一条微博引来的质疑

2012年元旦，我以小Y的口吻发了一条微博："生于2010年11月29日的我，也有属于自己的2011年的旅途记忆：两个月时出游英国怀特岛，七个月爬上法国埃菲尔铁塔，十个月坐飞机去爱尔兰都柏林，一岁见到北京的天安门，长江后浪推前浪哦！@穷游网。"

后来，这条微博被穷游网官方微博转发，几天后，我又以《大手牵小手，我们一起走》为题，在穷游网论坛上"穷游儿"专栏里，发表了几篇我带着宝宝旅行的游记。那段时间里，我微博上的粉丝越来越多，有很多人给我留言发表评论。老公开玩笑地对我说：儿子现在比你红了！

这些留言中，鼓励和赞扬的声音很多："新年看到的最幸福的游记了！""我家宝贝四个月了，我也要带着宝宝去旅游。""深知不易，这对粑粑麻麻(网络用语：爸爸妈妈)真强悍！""我本来怕有了孩子就要被拴住了，你们的故事让我有了当妈妈的勇气！"

更多的是一些非常具体的问题："孩子出门时吃东西是怎么解决的？""你们用的婴儿背带是什么牌子？""外出期间，宝宝生病是大问题，求教怎么应对的。"

但是，也有不少人对我们的行为提出了质疑："孩子太小出去旅行什么也记不住！""这么小的孩子最需要的是吃好睡好，出门会打乱生活规律！"

正是这些留言，让我萌发了有朝一日写一本书的念头，记录我们旅行中遇到和发生的故事，分享带宝宝旅行的心得，也回答各种善意的质疑。

在发那条微博之前，我们其实并没有觉得带小宝宝去旅行有什么大不了。大概因为生活在国外的关系，我们周围的朋友中，带着小宝宝去旅行的人很多。尤其是许多西方家庭都是夫妻自己带孩子，所以休假时带上小宝宝同行，实在是再正常不过的事情了。甚至有朋友鼓励我在小Y两岁前要多去旅行，因为小宝宝的飞机票很便宜。所以，带小Y去旅行，是一件自然而然就发生了的事情，并不是我们刻意而为，更没有什么明确的目的性。

　　现在，小Y早已不再是个小宝宝了，已经四岁多的他，张口闭口地总说自己是个big boy。我想，现在也许是时候来回顾一下我们过去这几年一路走来的点滴经历，用我们真实的感受来告诉年轻的爸爸妈妈们：带着宝宝去旅行，我们最初的想法和勇气从何而来，旅行究竟给我们和孩子带来什么收获，又是什么力量让我们如此执着地和小Y一起携手看世界。

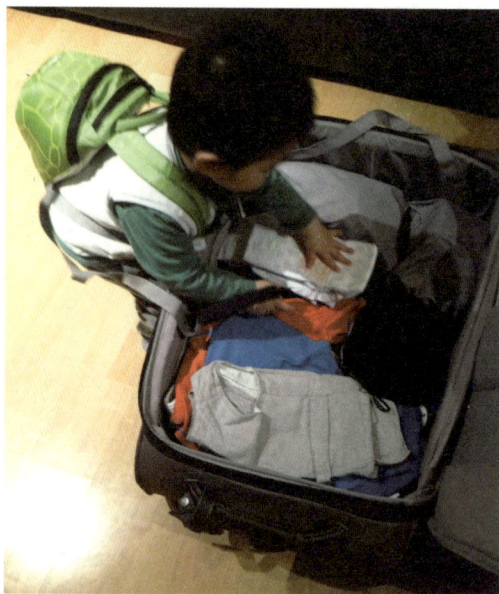

一拍即合去看世界

很多人都曾对我说，你们两个胆子好大，孩子那么小都敢带着到处跑。其实，这种想法和勇气，并不是无端产生的。我和老公相识于1997年，从2002年开始一起自助旅行。到我2010年怀孕之前，我们已经一起走过了五个洲的近四十个国家，积累了丰富的自助旅行经验。这些经历，似乎一直在冥冥之中为后来发生的所有故事做着铺垫，也是我们敢于带小Y一起旅行的重要信心来源。

2002年，我第一次走出国门，开始了极为普通的留学生活。暑假前夕，为毕业论文焦头烂额的我，偶然在网上和一个生活在另一个城市的老朋友聊起了暑假的打算。我们几乎同时在聊天窗口里打出了一模一样的一句话：写论文，但是还想去欧洲旅行一趟。就这么简单，甚至有点难以置信，我们几乎是一拍即合般地决定一起去看看这个世界。这个老朋友，后来成了小Y的爸爸。

此后的整个暑假，我们一起一头雾水地申请签证，一起绞尽脑汁地从别人的旅行攻略里搜集各种省钱秘籍，然后一起忐忑不安地踏上了我们的第一次欧洲之旅。我们在阿姆斯特丹住过红灯区里最便宜的青年旅社，也在那不勒斯找到过跳楼价大折扣的四星级酒店；我们在巴黎的香榭丽舍大街上吃过地道的法式大餐，也在巴塞罗那的超市里买实惠的海鲜饭解馋；我们为了省钱曾坐最慢的火车在机场熬一整个通宵，也去过欧洲派对之岛Ibiza（伊比沙岛）最火爆的夜店彻夜狂欢喝得酩酊大醉；我们在埃菲尔铁塔上激动得一起大叫，也曾在罗马的街头大吵一架发誓再也不一起旅行。

白天我们一起旅行，走遍了想去的每一个地方。晚上我们还一起挑灯夜战写论文，彼此监督要咬牙扛过毕业前的最后一关。说实话，我们那时的旅行其实是非常辛苦的，为了用最少的钱去最多的地方，可以说是费尽心机。但我们心中却充满幸福，因为发现原来依靠精打细算，注重性价比的"穷游"，也可以亲临世界上那么多鼎鼎大名的地方。

我们那时的旅行也是状况百出的，深夜迷路，忘记带钱包，赶不上飞机，语言不通，生病受伤这样的事可谓层出不穷。但我们不仅没有因此而丧失对自助旅行的信心，反而在一次次沉着应对突发事件的过程中，变得越来越游刃有余。也许正是我和老公在旅途中逐渐建立起来的默契与信任，让我们在"带小Y一起去旅行"这个问题上，几乎未经任何讨论，就自然而然地达成了共识。

2006年，我一边在银行里做着一份每天至少工作12小时的工作，一边拼命争取按时完成自己的博士论文。那时候原本已经忙得不可开交的我，却被公司派往纽约工作。于是，在美国的每一个周末，每一天假期，都被我尽可能地利用了起来，出差成了我最喜欢的公费旅游机会。

那一年，我不仅去了美国的很多地方，还一个人飞去了加拿大和墨西哥。与此同时，因为有了我在纽约作根据地，我那位远在伦敦的"铁杆驴友"也一次次不辞辛苦地飞越大西洋来加入到我的行列。那时候的我们，虽然经济上比做学生时稍微宽裕了一点，但却没有了学生时代大把大把的时间。我们最疯狂的一次旅行，是星期五下午他从伦敦飞纽约，我跟他在纽约机场会合，然后直飞拉斯维加斯。因为时差，到达拉斯维加斯时，依然还是星期五的晚上。星期六和星期天在赌城过完，半夜上飞机，星期一一大早到达纽约，直接去办公室上班。我不知道那时的我们为什么会有如此旺盛的精力，也许仅仅就是因为旅行是我们真正喜欢做的事情吧。

2008年开始，我们的旅行进入了新的阶段。工作几年之后，我们开始有了一些积蓄，可以不依靠出差，也负担得起去一些我们想去的地方了。我们接连去了两次南美洲，又去了两次非洲。南美独特的自然风光，让当时已经去过不少地方的我们大为惊艳。尤其是厄瓜多尔的Galapagos群岛（加拉帕戈斯群岛），被称为"改变人类的地方"。因为大科学家达尔文，就是在那里受到启发，而得出了著名的"进化论"。在Galapagos，我见到了最美的海底世界，五花八门的动物和最纯美的自然风光。我第一次意识到动物和我们人类都是地球上平等的居民，我们其实不是生活在哪个国家哪个城市，而是和它们一起在分享这个星球。在肯尼亚的马塞马拉野生动物园，我亲眼见到了小时候在《动物世界》里见过的动物大迁徙的浩荡场面，还第一次看到了狮子大战大水牛的血腥场面。在赞比亚和津巴布韦之间的维多利亚瀑布，我们还一起跳进了湍流的赞比西

河，在瀑布顶端天然形成的"魔鬼游泳池"挑战自己的勇气。

人生有时候是很神奇的，一些看似无关的点，会在某一天突然连成线。一次又一次共同旅行，我们从朋友变成了恋人再到夫妻，更成了彼此最有默契的"驴友"。我们不仅共同看到了世界的精彩，更一起无数次面对过旅途中的种种突发事件，所有这些小插曲，让我们学会了如何处变不惊沉着应对，更为带小Y一起旅行做好了最重要的准备。

三个孕妇一台戏

2009年，我开始了一份新的工作。部门里居然有两位女同事，这在以男性白种人为主的投资银行里实属罕见。更凑巧的是，我们三个人的座位正好相邻，我旁边是来自澳大利亚的Sarah，她的边上是热情开朗的英国人Hannah。这正应了中国的一句俗话：三个女人一台戏！

我加入公司之后不久，Hannah突然兴奋地向大家宣布了她怀孕三个月的好消息。老板听到这个消息时虽然显得有些惊讶，但很快就一脸热情地向Hannah表示了祝贺。Hannah的肚子在我眼前一天天地大了起来，但她却和以前一样工作起来风风火火，每天打扮得漂漂亮亮，踩着五六公分的高跟鞋，走起路来比我还快。这和我印象中一怀孕就小心翼翼像熊猫一样被家人保护起来的孕妇形象截然相反。更让我惊讶的是，怀孕六个月时，她突然决定坐十几个小时的飞机，挺着大肚子和老公一起去非洲蜜月胜地塞舌尔度假，享受"最后的二人世界"。在她的脸上，我找不到一丝一毫的紧张和担忧，只有满满的甜蜜和对旅途无限的向往。

就在Hannah出发去塞舌尔之前，Sarah突然宣布了一个更加惊人的消息，她也怀孕三个月了！据说老板听到这个消息时，愣了足足三十秒！在宣布怀孕的消息前不久，Sarah刚刚从澳洲度假归来，她竟然在怀孕两个月时坐了二十多个小时的飞机往返伦敦和悉尼。Sarah告诉我，她是家里最小的孩子，七十多岁的妈妈一直最担心她这个身在异乡的小女儿。孕吐很严重的她坐飞机虽然有些辛苦，但能拉着妈妈的手，亲口告诉她这个好消息的感觉实在太幸福了。这就是发生在我身边的平常故事。

那时候，我和老公刚刚拿到钥匙，正式成了不折不扣的房奴。房子是二手的，买的时候还带了全套的家具。于是，没有装修，没买家具，甚至没有换一幅墙上的装饰画，只花了一个星期打扫整理，我们就拖着箱子搬进了属于自己的第一个家。搬进新家之后，抱着完全顺其自然的态度，造人计划也被我们提上了议事日程。

没想到，仅仅一个月之后，就在我和老公也准备出发去塞舌尔旅行的前一天，我发现自己怀孕了。当时，我虽然感到震惊和忐忑，但最终却并没有因为怀孕而取消这次旅行，这当中很大的原因是由于Hannah和Sarah这两个榜样，几个月来已经在不知不觉间悄悄改变了我的"怀孕观"。我没有时间去医院做任何检查，甚至来不及确认一下是不是真的怀孕了，就登上了飞往塞舌尔的飞机。

后来，我在闲谈间向Hannah 和Sarah 提到中国孕妇以及坐月子时的种种讲究，她们都感到惊讶不已。她们从来没有听说过什么"防辐射服"，更没有想到过怀孕了就不可以用手机，坐月子什么的更是如同天方夜谭。Sarah还告诉我，她的姐姐在澳洲是医生，在

她怀孕后姐姐给她的建议只有一个: 开开心心地享受生活。

怀孕三个月之后，我也向同事们宣布了我怀孕的消息，大家无不有些幸灾乐祸地等着看老板的反应。没想到他非常淡定，笑着对我说: "我明白了，怀孕也是可以传染的! 恭喜你! "于是，怀孕九个月的Hannah、六个月的Sarah 以及三个月的我坐成一排，成了办公室里一道颇为有趣的风景。

随着我们的孩子相继出生，Hannah和Sarah继续对我的育儿理念产生着潜移默化的影响。她们没有让长辈帮忙带孩子，白天请保姆，晚上和周末则完全自力更生。她们的孩子从出生开始就自己睡

一个房间，才两三个月就被送去学游泳。周末我们带上孩子一起喝下午茶时，她们就把孩子随便往咖啡厅的地上一扔，任宝宝们自己乱爬。Hannah的孩子才两个月时，就跟着爸爸妈妈和家里的宠物狗开着房车去度假了。Sarah的女儿还不到半岁时，已经不远万里去澳洲看望了自己的外公外婆。事实上，随着我认识的新爸新妈越

来越多，周围的朋友中，有人带着宝宝坐邮轮，有人背着宝宝爬山徒步，甚至还有人带着孩子上高原去了马丘比丘。在这样的熏陶之下，我们也自然而然地把带小Y一起旅行，看成了一件理所当然的事情。

鱼和熊掌可以兼得吗？

有很多人问我，你们为什么带孩子去旅行？其实，我们带小Y一起旅行的初衷，几乎和小Y没有什么直接的关系，不过是我们在现实与梦想之间寻找到的一个平衡点罢了。或者说，是我们选择的做父母的方法而已。

我和我老公都是中国最早一批独生子女，我们的父母似乎都有着那一代人忍辱负重的共性。我小时候，妈妈为了照顾我，放弃了上大学进修的机会，爸爸一个星期每天晚上加班，只为了赚够我周末学一次小提琴的学费。这样的故事，在我们这一代人身上，几乎司空见惯。在这样沉甸甸的爱中长大，我们深感幸运，但也常常别无选择地承担着家人太多的期盼。

现在，我们长大了，到了结婚生子、为人父母的人生阶段，要做什么样的父母，成了一个不可回避的问题。也许是我们想要的东西比我们的父辈更多，也许是更优越的社会环境让我们觉得有能力要求更多，也许是我们亲眼看到过无私奉献的父母眼中偶尔流露出的遗憾，我和老公不约而同地想换一种方式来做父母。

我们爱孩子，会为他创造尽可能好的平台和条件，但这些不应当以牺牲我们的人生梦想为代价。孩子毕竟只是我们生活中的一部分，虽然那可能是最珍贵的一部分，但除了孩子之外，我们还想有更多的精彩和更丰富的人生。不计代价的付出，会让我们很容易把自己人生的遗憾转化成对小Y过高的期望，强加在他身上。这对于小Y是一种不公平的感情负担，因为他从来没有要求我们为他放弃什么，就连来到这个世界上这件事情本身，也完全不是他的决定。

　　更重要的是，我们相信，父母的高度会决定孩子的视野。应该把放在育儿问题上的注意力，适当转化一点到我们自己身上，在做父母之前，先做好自己。生活就是最好的教育，父母就是孩子最直接的榜样，让孩子看到爸爸妈妈对梦想的坚持和努力，这是爱孩子的另一种境界。

　　那时候，我和老公已经去过四十多个国家了，走过的地方越多，心态就变得越包容，对物质的要求也变得越简单。世界之博大，生命之短暂，尽可能地多看、多听、多经历、多体会，早已在不知不觉中成为我们的生活态度。而继续环游世界的旅程，就是我们最大的梦想。

　　小Y出生前，我想得很简单，想着只要熬到他断奶，就能把他交给爷爷奶奶或者外公外婆照顾，继续和以前一样潇洒走四方。然而，从听到小Y第一声啼哭的那一刹那起，我突然意识到，眼前这个皱巴巴的小不点，不再是一个抽象的概念，他从此成了我们这个小家庭不可或缺的一分子。我们可以选择做新潮的父母，不为孩子放弃梦想，但我们也必须首先做一个合格的、称职的父母。在那一

刻，也许是因为母性爆发，我突然对自己原来想把孩子交给老人照顾、和老公背上背包继续旅行的想法感到完全难以接受，那不是洒脱，那是自私和不负责任。

　　最初的我们，其实并不知道该怎么带小Y去旅行，也没有考虑过带小Y去旅行是否合适。实际上，我们甚至连照顾孩子最基本的技能都还没有掌握。我们只是很单纯地觉得，小Y的到来，让我们三个人成了真正的一家人。一家人，就要走到哪里都在一起！既然我们决定带小Y来到这个世界上，又不愿意为了他而放弃环游世界的梦想，我们就必须为自己的"贪心"付出应有的代价。这个代价，就是不辞辛苦、不怕麻烦地带上他一起出发。

当然，想继续自己的梦想，想带孩子去旅行，并不是一件光靠决心、靠热情就能做成的事。为自己的贪心买单，除了勇气，更需要方法。我们在小Y两个月时，第一次带他自驾游英国的怀特岛时，由于缺乏思想和物质两方面的准备，一路上曾状况百出、手忙脚乱。但是，困难是可以克服的，经验是可以积累的，迈出了第一步，才能走出自己想走的路。

小Y的足迹地图:

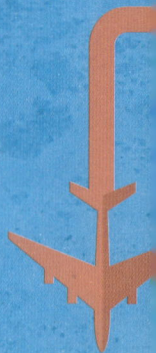

第一章

怀孕了也不当熊猫

从怀孕一直到38周，一直挺着大肚子满世界旅行

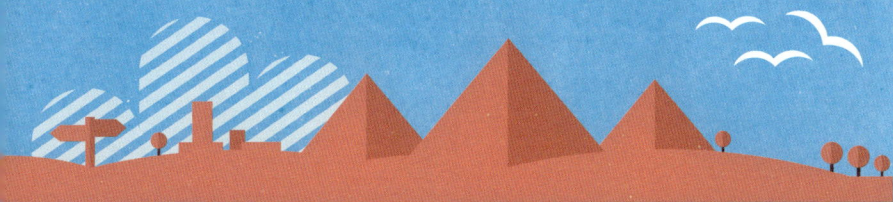

TOURISTIC

孕5周，塞舌尔从天而降的小跟班

我怀孕之后的第一次旅行是去非洲小岛塞舌尔，那里被称为印度洋上的一颗明珠。

2010年4月初，复活节旅行的前一天晚上，我一个人在家收拾行李，准备第二天和老公一起飞向向往已久的度假胜地塞舌尔。

世界上的事有时候真是有点不可思议，当我翻箱倒柜寻找以前旅行剩下的美元时，突然看到了抽屉角落里不知什么时候买的验孕棒。我心血来潮自己测了一下，这一测不要紧，吓得我倒吸一口冷气。我以为自己看花眼了，使劲睁大眼睛再一看，真的怀孕了！实际上，那时候我和老公刚刚搬进新家，怀孕的事情被提上议事日程还不到一个月，我完全没想到自己会这么快就"中招"。所以，当验孕棒上代表怀孕的十字架赫然出现时，我只觉得头皮发麻，老公也惊讶得一言不发。

那一刻，我心里对于还要不要去塞舌尔多少也有一些犹豫，怀孕了还能去旅行吗？坐飞机会不会对肚子里刚刚萌芽的小生命造成什么不利的影响？第二天，因为已经没有时间预约任何医生做

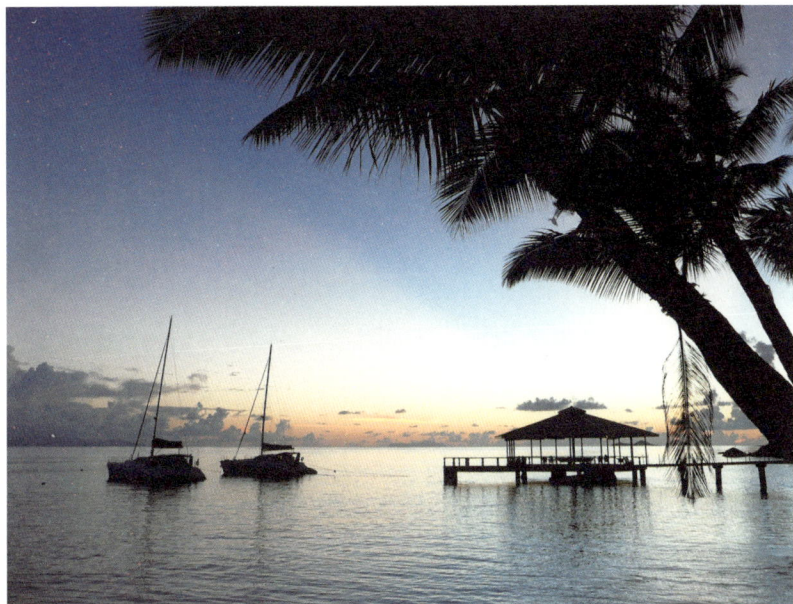

具体的检查了，不得已，我只好在上飞机前去公司的医疗中心咨询了一位护士，希望她能从比较专业的角度给我一些建议。我问她："我好像怀孕一个月了，这种时候适合去塞舌尔那么远的地方度假吗？"结果这位护士什么也没多问，只是轻描淡写地对我说："好多人怀孕一个月的时候，自己根本就不知道呢！我一个朋友刚去滑雪回来，才发现自己怀孕两个多月了。滑雪都可以，塞舌尔怎么不能去！"我本来以为护士至少会给我摆事实讲道理把可能存在的风险给我一一罗列出来，再告诉我一些具体的注意事项，没想到却遇到这么个煽风点火的人。

为了保险起见，我又绞尽脑汁找出了周围在怀孕初期坐过长途飞机的所有朋友，她们的答案算给我吃了定心丸：她们坐飞机之前都咨询过医生，医生都说没问题。医生的建议是：在飞机上多喝水、多走动，旅行时只要别进行太剧烈的活动就行。我慢慢地放下心来，带着有点忐忑却又兴奋的心情，我们按原计划出发了。

　　那时候，我其实还没有任何怀孕引起的不适，自我感觉也非常良好。但怀孕毕竟不是儿戏，我的一举一动还是开始变得小心谨慎起来。我把所有的行李一股脑儿全部交给了老公，潇洒地当起了甩手掌柜。走路的速度也明显放慢了，不敢跑也不敢跳。在飞机上，我也谨记朋友的叮嘱，刻意地多喝水，多走动，促进腿部血液循环。当时的这些做法，基本上都是毫无经验的我根据一些基本常识和自己的感觉临时琢磨出来的。现在回想起来，其实不失为一种正确的做法。因为孕妇能不能出门去旅行，很难有一个统一的标准，更主要的是看自己当时的感觉和状态。

　　近12个小时的长途飞行一切顺利，我和老公也都从最初的震惊中缓过了劲。怀孕5周左右，正是宝宝开始出现心跳的时候。既然生命的奇迹已经伴随着怦怦跳动的声音，顺利地开始在我身体中孕育，就让我们人生的新旅行，从塞舌尔开始吧！

　　由于小Y的出现，我们改变了最初的旅行计划，大部分时间都在酒店里享受休闲时光。白天，我和老公一起游泳潜浮、看沙滩上螃蟹打洞。傍晚，就躺在椰树上的吊床里，听海水轻柔地拍打海岸，看火红的夕阳渐渐变成满天闪烁的繁星。怀孕了，终于可以名正言顺地不再减肥了。无论是酒店里丰盛的海鲜大餐，还是附近小

饭店里充满当地特色的传统菜肴，塞舌尔之行变成了名副其实的美食之旅。

　　塞舌尔由众多的小岛组成，我们去了La Digue的Anse Source d'Argent海滩公园，这是整个塞舌尔最精华的部分，也是《侏罗纪公园》主要的拍摄地。初见Anse Source d'Argent海滩，我恍惚身在画中。走近一看，海水平静而透明，清澈得如同一块一尘不染的水晶，水中的珊瑚和鱼群清晰可见。沙滩被错落有致形状各异的巨型花岗岩分割成一块块小海滩。拔地而起的岩石充满阳刚之气，和平静的海水形成鲜明的对比，碰撞出一种气势磅礴的原生态美。在那里，我们偶遇了一个当地的小男孩，皮肤黝黑的他，在如画一般的海天之间无忧无虑地嬉戏。这个让我和老公都印象极为深刻的画面，似乎预示着不久之后，一个同样活泼可爱的男孩，即将闯进我们的生活。

塞舌尔之行，让我和老公的心情从最初的震惊紧张变得平静坦然。我们都觉得，怀孕固然是件大事，但同时也不过是人类一种非常自然的生理过程而已。我们相信，肚子里的小Y是一个有着顽强的生命力的宝宝。我不仅不需要从此躲在家里当熊猫，还应该继续努力地工作，更加积极地生活，甚至继续怀着一颗好奇心去探寻这个世界。一个有勇气有梦想的准妈妈，终究会蜕变成一个更加热爱生活的新妈妈。

从塞舌尔回来之后，我自己去医院做检查，又特地问了医生怀孕了需要注意什么、还能不能去旅行。医生居然告诉我，除了某些食物不能吃以外，什么都不需要注意。在西方医生的观念里似乎没有"保胎"一说，他们相信如果胎儿有什么问题，并不是妈妈做了

什么，而是胎儿本身不够健康，可以说是一种自然选择。"过正常的生活"是医生当时对我唯一的建议，也一直被我在怀孕期间奉为座右铭。我始终有一个信念，肚子里的小Y有着顽强的生命力。怀孕了，也不用窝在家里当熊猫，开开心心地生活、工作，甚至继续去旅行，也许才是对宝宝最好的胎教。

孕18周，擦干眼泪去南非看世界杯

如果说我怀孕后的第一次旅行是意料之外的话，那我们的第二次旅行就绝对称得上是蓄谋已久，但中间还经历了一段令我这个准妈妈十分揪心的插曲。

2009年夏天，我和老公曾经在南非有过一次短暂的旅行，景色绝美的开普敦从此成为我们心目中"世界上最美丽的城市"，让我们意犹未尽。南非并不是一个完美的国家，持枪抢劫等安全问题时常见之于媒体，也让我们在去之前有许多顾虑。但在开普敦我们亲眼见到了南非人热情好客的一面，正在热火朝天准备举办2010世界杯足球赛的他们，让我联想到了刚刚举办过奥运会的北京。一个充满活力的国家，正在努力地把自己最美好的一面展现给世界。因此，我们也萌发了第二年再到南非看世界杯的念头。回到伦敦后，我们立刻开始张罗着购买世界杯的球票。球票是要通过抽签的方式来发放的，抽中的人才有资格购买。结果我们幸运地抽到了在南非几个不同城市比赛的球票，其中包括在开普敦举行的四分之一决赛和半决赛。

2010年初，我们早早地就订好了去南非的机票。只是那时候我们还不知道，当我们半年之后真的准备再次踏上南非的土地时，我的肚子里已经有了一个18周大的小Y。

从塞舌尔回来之后，我的怀孕第一阶段的生活过得超乎想象的顺利。没有孕吐，没有不适，一言以蔽之——几乎没感觉，我甚至一度怀疑自己是不是真的怀孕了。直到孕10周第一次做B超，电脑屏幕上那个怦怦跳动的小心脏，才让我和老公真切切地感受到了小Y的存在。与此同时，我也把自己怀孕的消息告诉了远在中国的父母和公婆。妈妈听说我明知道自己怀孕还跑去了塞舌尔，立刻惊讶得在电话那头大叫起来。她不仅当天就马不停蹄地从中国给我寄来了防辐射衣以及从各种渠道收集来的孕期须知，而且还在电话里反复叮嘱了我一个多小时：不要穿高跟鞋，不要用手机打电话，不要吃辣椒海鲜生冷食品，不要……当然，最重要的是不要再满世界到处乱跑了。

知道怀孕以后，对于还去不去南非这个问题，一向为了旅行不惜一切代价的我也犹豫了。虽然怀孕期间去旅行很正常，但我要去的地方是南非，路途遥远不说，治安状况也不尽理想，加上恰逢世界杯这样人群扎堆的大型比赛，其中可能存在的风险是不容忽视的。第一个支持我去南非的人是老公，他的理由很简单：你又没哪里不舒服，干吗不去？听了老公的话，依然有些不放心的我，又去咨询了我的医生，当我问他我现在的状况是否合适去南非时，他居然微笑着反问我道："你说的可是世界杯啊，你真的愿意因为怀孕就放弃一次这么激动人心的旅行吗？"

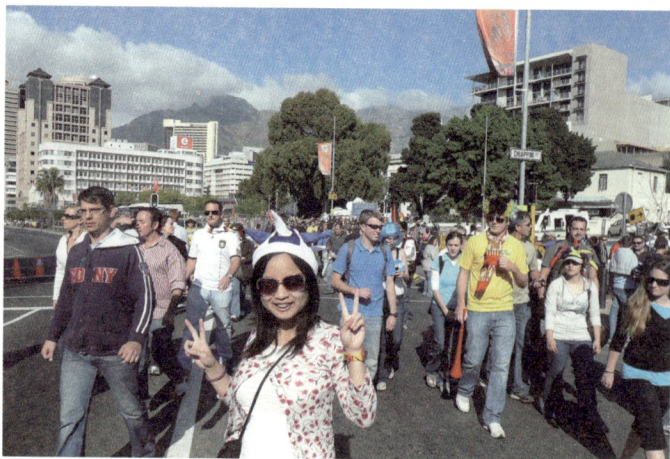

在老公和医生旗帜鲜明的鼓励下，我也渐渐有了勇气，最终决定按计划去南非。我相信，只要我们能精心安排和认真准备，这次旅行一定是可以做到万无一失的。你一定不难想象，当我把这个决定告诉远在中国的父母时，电话那头的准外公外婆听到时是什么样的反应。

虽然我们相信肚子里的小Y有着强大的生命力，但为了保证万无一失，一贯崇尚穷游的我们还是对这次旅行做了一些特别的安排。我们放弃了原来想要环游南非的宏大计划，卖掉了在其他城市比赛的球票，把所有的时间都留给开普敦。我们订的酒店在开普敦最热闹也最安全的Waterfront区，吃喝玩乐都很方便。而且这个酒店走路去球场只需要五分钟，即使比赛日人再多，交通再拥挤，我们的出行也不会受影响。我们计划先从伦敦乘坐经济舱到约翰内斯堡，停留几小时后再转机前往开普敦。从约翰内斯堡到开普敦的南非国内段虽然只有两个多小时，我们却买了公务舱。这样转机的时候可以在贵宾候机室吃吃喝喝舒服地躺着休息，算是在经济能力可以承受的范围内尽量保证我和小Y的舒适吧！

　　一切准备就绪，出发前两周，我一个人去医院进行15周B超检查。原本以为很简单的例行检查，却得到一个不亚于晴天霹雳的坏消息。医生说小Y其他一切都正常，但肚子部分的B超结果疑似有一点偏白。医生说这种结果很多时候并不表示宝宝有问题，但也存在腹部发育有畸形的可能。医生说现在宝宝还太小，要等到20周大B超时才能有最终的判断，让我别太担心。但是，哪个准妈妈听到这种事会不担心呢？我一出医院门就哭了出来。回到家，眼泪依然止不住地往下掉，觉得自己似乎要失去小Y了。老公还算镇静，提醒我要对小Y有信心，越是这种时候越要保持乐观的心情。千万别小Y本来健健康康没问题，却被我的坏心情影响到。

　　终于，我平静下来，决定擦干眼泪开开心心地按计划去南非看世界杯。南非之行，是我们在新生命到来之前送给自己的一份礼物。车到山前必有路，怀孕以来，肚子里的小Y一直贴心得从没让我吃过半点苦头，他一定是一个懂事乖巧有着强大生命力的宝宝。我们要带上他一起去感受世界杯的精彩，快快乐乐地等待他健康地来到这个世界。

孕18周，假球迷的狂欢

我们终于如期出发了！一路上，带小孩的乘客有很多优待，过安检有快速通道，登机可以优先，出海关不用排队。虽然我们这个"家庭"理论上才只有两个半人，我还是仗着自己其实还很不明显的肚子，享受到了这些VIP的待遇。在飞机上，我没有吃飞机上提供的正餐，而是自己准备了很多小零食，少吃多餐避免因为久坐引起肠胃胀气。十几个小时的飞行之后，我们顺利抵达了南非最著名也最美丽的海滨城市——开普敦。

而说到开普敦，比这个城市本身更有名的地方也许是好望角。我以前一直以为"好望"是"容易眺望远方"的意思，第一次去南非之后，才明白那是"美好愿望"之意。从市区去好望角的沿海公路，是开普敦最让我们惊艳的地方之一，蜿蜒的公路，一边是陡峭的岩石，一边是浩瀚的大海，美得让人窒息。

在好望角公园，我和老公一起去了矗立在山崖上、为来往船只指路的老灯塔。去灯塔需要爬上高高的山崖，中间还有一段颇为崎岖的山路。我原本以为自己没办法爬那么高走那么远，没想到一路上走走停停居然还被我走到了。站在灯塔边，我似乎来到了世界的尽头，一边是大西洋，另一边是印度洋，海天一色，在我眼前融为一体，让我的心情豁然开朗。离开灯塔来到好望角Cape Point时，我突然意识到，这是一个古往今来人们许下过无数美好愿望的神圣地方。我不由自主地摸了摸自己的肚子，在心中默默地为小Y祈福。我对小Y说：请你一定要勇敢坚强地在妈妈肚子里好好成长，爸爸妈妈最大的心愿就是希望你能健康平安地来到这个世界。那一刻，我突然体会到了为人父母的心情，父母对孩子最大的希望，并不是他能在今后的人生中取得多么辉煌的成就，而是每一天都能过得平平安安健健康康。

第二次到开普敦的我们，没有了初次到访时急着到各大景点到此一游的匆忙，行程变得格外宽松。在南非著名的桌山，上一次因为时间有限，我们只能坐缆车上山，匆匆领略一下会当凌绝顶的风光。而这一次，老公终于能有充裕的时间徒步登山，弥补了当初的遗憾。依旧坐缆车上山的我，也可以悠然自得地慢慢感受四周壮丽的景色。因为正在举行世界杯，山顶咖啡店的墙上挂着一块大白布，上面满是世界各国球迷的签名。老公在上面写下了我和他的名字，还在旁边郑重地加了一个"+baby"。在我们的心目中，尚未出世的小Y已经是我们这个小家庭的一员了。那时虽然还没有名字的他，第一次在这个世界上留下了自己的小印记。

当然，这次旅行最大的亮点还是世界杯。作为一个地道的假球迷，世界杯对我而言，更像是一场全世界球迷共同的狂欢派对。我们在开普敦看了两场比赛，在球场里，我和别的球迷一样痛快地

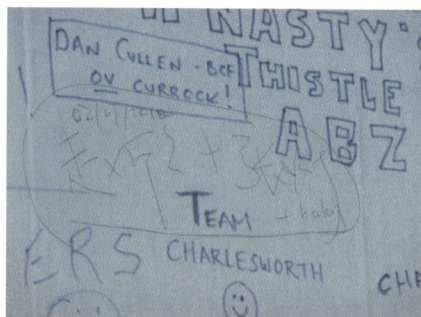

又叫又唱，兴奋得几乎忘记自己是个孕妇。老公在旁边多少有些紧张，尤其担心球场内嘈杂的声音，会对小Y有不利的影响，所以不辞辛苦地给我买来了一副耳塞。收到这副耳塞时我真是觉得又感动又好笑。感动的是一向大大咧咧的老公居然变得这么有心，似乎有了一点当爸爸的样子；好笑的是捂住我的耳朵对肚子里的小Y有什么用呢，难道他是通过我的耳朵来倾听外界的声音吗？我记得，医生曾经告诉过我，小宝宝在妈妈肚子里时，妈妈体内各种器官的声音远比外界的声音大得多。这也是为什么许多宝宝出生以后，在适当的噪声中反而睡得更安稳。因此我觉得，偶尔看一两场热闹一些的球赛，并不会对宝宝产生什么不利的影响，不必过分紧张。

现在回想起来，怀孕中期，其实是最适合去旅行的阶段。孕初期常见的疲倦感或者孕吐现象已经开始减弱，肚子的规模又还没有如同充气了一般暴胀。只要自我感觉良好，各项身体指标正常，再加上精心的准备和周密的安排，怀孕期间的旅行是完全可以做到安全、舒适又充满乐趣的。

对于准妈妈来说，怀孕绝不是一个轻松的过程，身体上的巨大变化往往会给生理和心理两方面带来强烈的冲击。做喜欢的事情，调整好自己的心情，保持乐观快乐的情绪，对肚子里小宝宝的健康成长肯定是极为有益的。而妈妈的生活充满激情和快乐，这些愉悦的情绪，也一定会被传递到与妈妈紧密相连的宝宝那里！

从南非回来之后，医生经过进一步的检查，确认了小Y是一个完全健康的宝宝。虚惊一场之后，我们在好望角许下的心愿，终于在2010年11月一个飘雪的清晨实现了。直到现在，当我们和小Y不得不开始面对一些选校求学的现实问题时，我依旧经常提醒自己，不要忘记在好望角时那份为人父母的初心。只要孩子能够健康平安快乐地成长，就是我们最大的幸福。

孕26周，苏格兰的音乐启迪

怀孕20周的大B超，医生耐心地指着屏幕上的图像向我解释，哪里是小Y的手，哪里是小Y的腿，哪里又是他的哪个器官。我只觉得自己太缺乏想象力，对眼前的画面完全一头雾水。经过医生仔细的检查，小Y是一个各方面发育情况都很正常的健康宝宝。而且，最大的谜底也终于揭晓了，他是一个男孩子！那一刹那，我脑海中立刻出现了一幅臭袜子满屋乱扔的画面，从今往后和两个男人一起生活的日子，不知道会是怎样。

20周一过，我的肚子开始发生了质的变化，似乎每一天都在以几何级数变大。与此同时，小Y的爷爷奶奶也来到了英国，和我们共同等待小Y出生。大概和所有的爷爷奶奶一样，两位老人家对于还未出世的小Y格外紧张，除了永远怕我吃得不够多不够好以外，更经常提醒我们要注意胎教。

我和老公却对此不以为然，我们都觉得，"胎教""早教"的作用已经被商业化地过分夸大了。所以从怀孕开始，我们就没打算刻意进行任何形式的胎教。我们认为，最自然最舒适的胎教方式，应该是和肚子里的宝宝一起去做自己发自内心真心喜欢的事情。

8月，英国最美丽的夏季。赶在我进入怀孕第三阶段之前，我们和小Y的爷爷奶奶一起去了一趟向往已久的苏格兰。有了怀孕后两赴非洲的经历，从伦敦去趟苏格兰对我来说已经可以算是小菜一碟了。我的肚子那时已经大得基本不适合坐飞机了，舒适方便的高速列车成了我们的首选。读书时，我有一个来自苏格兰爱丁堡的好朋友Maris。她前半生都在全世界旅行，在不同的国家从事过五花八门的工作。对她来说，人生真的是一场旅行。周游列国的她在四十多岁时突然回到学校，花了四年的时间攻读商学院博士。她常常在厨房里放上欢快的苏格兰音乐，拉着同宿舍的女孩子们一起跳传统的苏格兰集体舞。因为Maris的关系，在我的心目中，苏格兰一直就是一个充满音乐的快乐王国。而这次旅行，美妙的音乐真的和我们一直如影随形。

爱丁堡，苏格兰的艺术之都。我们在那里正好赶上一年一度盛大的爱丁堡文化节。市中心最繁华的王子街上，音乐、舞蹈、戏剧表演、行为艺术让人目不暇接。爱丁堡大街上欢快嘹亮的苏格兰音乐仿佛让我一下子回到了学生时代，虽然挺着大肚子也情不自禁地想要随着节拍舞动起来。

　　天空岛，有人说那是欧洲最壮丽的地方。山脉高低起伏，湖泊星罗棋布，很多地方人迹罕至。我们幸运地偶遇了一位穿着花格裙的苏格兰人，站在山崖上用风笛演奏着传统苏格兰乐曲。他完全地沉浸在自己的音乐世界里，悠扬的旋律和周围壮阔的景色融为一体。

　　除此之外，苏格兰充满灵性的山水之间，更有无数我们在大城市里听不到的动听的旋律。苏格兰高地上的小镇Inverness（因弗内

斯，是苏格兰北部的一座城市，也是苏格兰和英国北部著名的旅游胜地），因为尼斯湖水怪的传说而闻名，安静的尼斯河从城中心流淌而过。有一天清晨，趁着整个小城还没有完全苏醒，我和老公早早地出门，沿着河岸，步行到了河中心一个不起眼的小岛上。岛上出乎意料地别有洞天，树林里此起彼伏清脆悦耳的鸟鸣声，我们踩在落叶上发出的沙沙声，和潺潺的流水声交织在一起，成了一首独特而清新的晨曲。

在旅途中感受音乐，在生活中寻找音乐，这不正是对小Y的一种胎教吗？而且比坐在家里刻意地听音乐，要生动有趣得多！在我的肚子里没有正经听过一首世界名曲的小Y，出生之后却对音乐表现出了格外浓厚的兴趣。他在幼儿园的每一位老师都跟我们说，小Y最高兴最专注的时刻，就是大家围在一起唱歌跳舞的时候。走在路上，每次碰到街头艺人的表演，他都会目不转睛地驻足观看。他还不到三岁时，我们第一次带他去听交响音乐会，他就全神贯注地坐满了整整两小时。而他现在的理想是要当一个指挥家，并且在自己四岁生日毛遂自荐，在伦敦著名的St Martin-in-the-Fields教堂当着数百人指挥了一回真正的交响乐队。如果说这一切真的和胎教有什么关系，那苏格兰之行，或许就曾无心插柳地成了对他的一场音乐启迪吧。

孕26周，苏格兰勇敢的心

我们有一个朋友，在伦敦工作，却在苏格兰高地上给自己买了一间小屋。他每周一坐飞机到伦敦上班，每周四晚上又飞回苏格兰过周末。他的小屋不通自来水，要自己储存净化雨水。那里也没有手机信号，只能使用卫星电话。在我们亲身到过苏格兰高地以前，实在很难理解究竟是什么样的地方可以让他不惜如此折腾。

高地是一个适合自驾旅行的地方，于是我们就选择了这里。这一回，老公不仅成了我们绝对的专职司机，还要肩负起导游和照顾到老老少少一家人的各种后勤工作。不知道第一次带着自己的父母、老婆和孩子一起旅行的他，心情是不是很不一样。我怀孕之后的那几个月，一贯粗线条的老公时常让我又感动又惊讶。怀孕初期，我抱怨吃完饭感觉特别撑，必须要满屋子走动，所以没办法好好看电视，他第二天就搬回家一台踏步机让我可以一边看电视一边运动。随着肚子的变大我抱怨晚上只能侧躺着睡觉很辛苦，他马上在网上搜索研究给我买到一种孕妇专用的抱枕。其实有时候我只是不经意地随口一说，他却会立刻当成一件大事来认真研究寻找解决办法。认识老公十几年了，从来没有想到过他还有如此细心体贴的另一面。

一路上，公公婆婆对我倍加呵护，连个小小的塑料袋都不让我提。不过，大大咧咧的我时常让他们胆战心惊。有一次在一处山崖上，我面朝大海，迎风而立，豪迈之情油然而生，照相时一时兴起来了个单脚独立的瑜伽"树式"动作，旁边的公公婆婆大惊失色到几乎要叫起来。还有一次在餐厅吃饭，我端起桌上的冰水就喝，婆婆不无担心地连忙劝阻说：怀孕了怎么还能喝凉水。好在老公在这些事情上和我阵线一致，总是主动帮我充当挡箭牌！每次看到婆婆那担心又不好启齿的为难样，我就在心里窃喜：幸好没有把我爸妈先接过来呀！婆婆毕竟和妈妈不一样，总还是不好意思对我唠叨太多。要是俺亲妈在身边，我这个什么传统讲究都不当一回事的孕妇，可能早就要被唠叨疯掉了！

我和老公带着公公婆婆住在高地小城Inverness一家传统的英国家庭旅馆，旅馆主人正好是一对和公公婆婆年纪相仿的老夫妻。他们的旅馆虽小，却布置得如同艺术画廊，小到餐具大到家具每一件都精巧别致，就连每天为我们准备的英式早餐，女主人都很用心地每天做出新花样。他们的小旅馆一年只开六个月，剩下的时间老两口就到各地旅行，搜集漂亮新鲜的小玩意来装饰他们的小家。他们有一双儿女，还有两个可爱的小孙女，最小的才八个月，都在伦敦生活。我们问女主人，是不是要经常去伦敦帮忙照顾两个孙女。女主人笑着一个劲地摇头说：照顾孩子的任务我们年轻时早就完成了，孙女们有她们自己的爸爸妈妈，我们只要逢年过节享受一下她

们可爱的一面就好！

　　这样的答案，让千里迢迢来帮助我们照顾小Y的公公婆婆大感耳目一新。在中国，退休的父母帮助孩子照顾孙子辈几乎是司空见惯的事情，有些时候祖父母甚至完全是照顾小宝宝的绝对主力。公公婆婆从来没有听谁说过"照顾孩子的任务我们年轻时早就完成了"这样的话。公婆在感叹这对外国夫妇洒脱的同时，也第一次感受到了西方人对于养育儿孙的不同观点。

而对于我和老公来说，在海外多年的生活经历，使得我们对这对老夫妇的观点倒不觉得十分意外。我们其实早就打算好，既然我们是小Y的父母，就理所当然应该是养育照顾他的主力。我们之所以接父母来英国，最主要的原因并不是希望他们当我们的免费"保姆"。而是因为我和老公都长期在国外生活工作，父母不可能隔三岔五地来探望我们和孩子，接他们来和我们一起生活，是让长辈们享受天伦之乐，让小Y感受到大家庭生活气氛的唯一方法。

　　那时候，我们已经很清楚地知道，小Y出生之后，我们所要面对的挑战，不仅仅是如何照顾好小Y。在三代人共同生活的岁月里，中西文化的碰撞和我们与老一辈观念上的差异，一定是不可避免的。如何来调和这些碰撞与差异，将会是我们不可回避的课题。苏格兰之行是小Y出生前我们最后一次旅行，可以算是我们多年来环游世界生活的一个休止符。有一部关于苏格兰高地的著名电影叫《勇敢的心》，那次旅行之后，我和老公正是怀着这样的心情，开始了我们人生的新阶段。

孕38周，小Y出生记

孕28周，我正式进入了怀孕第三阶段，两个星期之后，长达半年的产假也开始了。

从产假开始到小Y出生，整整两个月的长假，是我工作以来从未享受过的奢侈。虽然留在家里，但我的每一天过得比平时还充实。没有办法出门旅行，我就在家里回味曾经走过的四十多个国家，整理照片，写写游记，甚至重拾画笔把心目中最美的风景画出来。天气好的日子，我就去公园或者博物馆，终于第一次仔仔细细地把大英博物馆里的展品看了个遍。我每天都去游泳或者练习瑜伽，一直坚持到羊水破的前一天。也许因为坚持锻炼的关系，肚子虽然大得连医生都表示惊讶，我却始终身体灵活走起路来健步如飞。

38周4天，肚子里的小Y已算足月了。凌晨我收到爸爸妈妈从上海发来的短信，他们已经准备登机，即将到达伦敦。

早晨醒来，我莫名其妙觉得很烦躁，冲着肚子拍了一巴掌，还在心里默默地抱怨道：你小子到底打算什么时候出来啊！没想到起床上厕所时，我突然发现自己好像"见红"了，这是孕妇即将临产的先兆之一。我不由得倒吸了一口冷气，养兵千日用兵一时的日子终于要来了。我连忙打电话给医院，但医生让我再观察观察，肚子不痛就不用急于去医院。等了差不多一整天，我也没有什么特别的感觉。所以我打算和老公一起按计划去机场接爸妈，万一真有什么状况发生，老公也可以立刻及时地送我去医院。

晚上6点多，我和老公无聊地在机场到达出口等爸妈出来，突然一种异样的感觉袭来，我立刻意识到是自己羊水破了。我慌忙抓住老公的手，尽量镇静地对他说：我羊水破了。我们给事先注册好的医院打电话，医生让我马上去医院。但是因为我当时肚子还不痛，所以还在机场多等了一会儿，直到爸妈出来才直奔医院。我从35周开始，出门都随身带着产检记录，没想到还真的用上了！我开玩笑地跟老公说：咱儿子也太会挑时间了，难道是因为我怀孕的时候飞机坐多了，他一到机场就激动，急着出来看我们这又是要去哪里玩？

晚上8点多，我们到达医院。我一个人跳下车，挺着巨肚，极其淡定地走进医院，老公则先送爸妈回家兼取产包。医生一检查，羊水的确是破了，不过才开了一指。按照英国医院的规定，开了四指或者羊水破了24小时医院才会接收。所以检查完之后，我被安排回家休息。于是我打电话给老公，不用带东西来医院了，直接接我回去洗洗睡吧。

此后的二十多个小时，我逐渐有了疼痛的感觉，而且慢慢增强。其间我们又去了两次医院，都因为只开了两指而被打发回家。第二天，晚上6点多，羊水破了24小时之后，我终于在老公的陪伴下进了产房。爸妈和公婆都被我们刻意留在了家里，因为不想让他们任何一个人看到我痛得死去活来的样子。实际上，我根本没有机会体会真正的生产之痛，因为进产房一检查，我还是只开了两指，医生直接就给我上麻药开始催产了。由于麻药的作用，我没有丝毫的疼痛感，只从旁边的仪器上看到自己的疼痛指数从30逐渐上升到100多，想象中生孩子时痛得哭天喊地的画面，居然完全没有出现。

38周6天，凌晨3点多，在进入产房快8小时之后，医生决定对我进行剖腹产手术。剖腹产的决定一做出，我居然开始全身发抖。老公紧紧地握着我的手，告诉我不要紧张、不要害怕，一切都会很快很顺利。我被推进手术室，老公也换好衣服跟进来，还带来了小Y将要穿的第一套小衣服。手术开始后，老公一直紧紧地握着我的手，鼓励我不要害怕。好几次我看见他背过脸去，强忍住自己的眼泪。他的这种眼神我以前从未见过，里面交织了心痛、关切、鼓励、安慰和坚毅的复杂感情。那一刻，我们好像在共同进行一场战斗！二十多分钟后，嘹亮的啼哭声，划破了手术室的宁静，我的人生就此改变！老公、我，还有皱皱巴巴的小Y，我们三个人，从此成了真正的一家人！

小Y出生之后，刚做完剖腹产手术的我被推出手术室，护士立刻给了我一杯冰水，外加一片抹了黄油的烤面包。虽然知道生完孩子喝冰水是中国传统的大忌，我还是入乡随俗地照做了。因为我和老公早就决定，既然在英国生孩子养孩子，一切就都按照英国医生的要求做。当天晚上，老公和其他所有产妇家属一样，遵照医院的要求离开了产科病房。而吃了止痛药的我，已经被护士要求下床活动，洗澡洗头，连夜开始行使当妈妈的基本职责：喂奶、拍嗝、换尿布，完全没有人给我任何养尊处优的机会。

医生告诉我，因为荷尔蒙的作用，妈妈可以迅速地进入深睡眠，所以即使夜里睡眠不连续要多次起来喂奶，第二天依然可以精神抖擞。医生还告诉我，小宝宝是最知道自己要什么的，什么时候吃什么时候睡什么时候拉，他比我们清楚，顺其自然就好！在这种高强度的实战训练下，等到我和小Y几天之后出院回家时，我已经被灌输了一整套标准英式育儿法，成了一个信心满满的新妈妈！而这种自信在一定程度上促成了我们后来带小Y一起旅行的行动，因为我们觉得，自己有能力在旅途中照顾好小Y。

我们回家后不久，小Y一周多时，医院的育婴护士第一次来做家访，评估他各方面的发育情况。护士问了我一大堆问题。其中一个是：你们带宝宝去过哪里了？这个问题让我完全愣住了，还不到两周的小宝宝能去哪里呀？后来那位护士告诉我们，从孩子出生开始，就应该尽量多带他去不同的地方，让他的大脑接受多元化的刺激，这对智力的发展和适应能力的提高至关重要。这种观点，完全

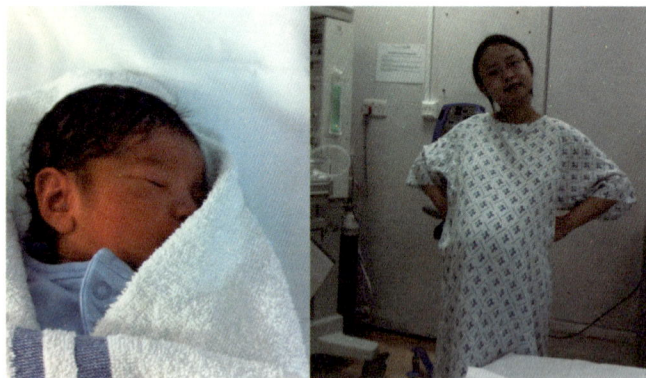

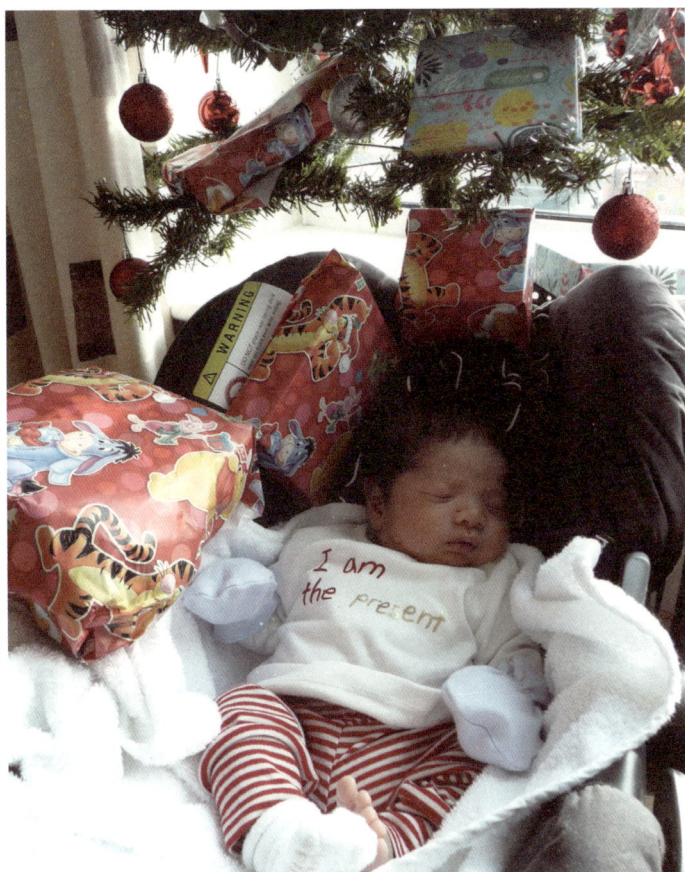

　　让我和老公耳目一新，也可以说成了我们后来带小Y一起去旅行最重要的"理论基础"。尤其是当有人质疑我们"这么小的孩子什么也记不住，带去旅行是浪费"时，我总是坚定地相信，带宝宝多出去走走看看，即使孩子没有记忆，却绝不等于对他没有潜移默化的影响。

　　就这样，在我肚子里待了272天的小Y，正式进入了我们的生活！而我们和他共同的人生之旅，也正式开始了。

新妈感悟：做父母的是我们

　　从小Y降临的那一刹那起，我们正式升级成为新爸新妈，这时我们才发现，产前自以为充分的种种准备原来都只是纸上谈兵。当那个软得如同棉花般的小东西被医生交到我们手上时，我们手足无措到不知道该怎么抱他。

　　医院实行的是母婴同室，每个病房用帘子隔成四间。为了减少对产妇和宝宝的干扰，孩子的爸爸们只能在早上10点到晚上10点在病房陪护。于是，在接受剖腹产手术后仅仅18个小时，取下导尿管还不到6小时，我就开始在护士的协助下承担起独立照顾小Y的重任。整个晚上我都在跟着护士学习如何抱孩子，如何换尿布，如何喂奶，如何拍嗝。而实战训练的效果是极为强大的，仅仅一夜之间，我这个超级新妈就初长成了。

　　此后的整整一个星期，我都在医院接受比新妈集训营更为密集的培训。医院的医生护士们没有因为我刚开膛破肚生完孩子而给我任何一点养尊处优的机会。护士会在半夜分秒不差地摇醒我给小Y喂奶，医生会因为我没有给孩子足够"肌肤相亲"的时间而毫不留情地批评我。专业的育婴护士还手把手地教我搜集初乳，使用挤奶器，给奶瓶消毒，安抚哭闹的宝宝，应对可能发生的各种紧急情况。有了这些系统全面的训练做后盾，等到小Y和我出院回家时，我和老公都已经对照顾他变得信心满满。然而，等候在家里的爷爷奶奶外公外婆可不这么认为。在他们眼里，我们这两个当了爹妈才一周的"大孩子"，哪里能懂得如何照顾小宝宝。所以一回到家，我和老公就立刻表明了态度：孩子是我们的，这一次是轮到我们当爹妈。我们需要的是长辈们适当地从旁协助，而不是取代我们行使做父母的职责。即使在这个过程中我们可能会犯错走弯路，也请给我们一些从错误中吸取教训的机会。

我们出院时，医生给了我们一本英国国家健康服务部出版的《从出生到五岁》，这是英国国家医疗机构的权威育儿指导，内容精练，不但涉及了从宝宝出生开始的方方面面，而且紧跟最新科研成果，与时俱进。从小Y回家第一天开始，这本书上的内容就成了全家人的行为准则，每一条都不折不扣地执行。因为有了这个大原则，一些中西方育儿方法的冲突或者我们和老一辈之间育儿观念的差别，就有了解决的依据。

医生告诉我们，刚出生的小孩缺乏安全感，太多的人照顾他们反而容易让他们无所适从。所以小Y出生的第一个月，虽然当时我们家里住着四位老人，我手术的伤口还没有复原，老公白天也要上班，但我们俩一直坚持自己照顾小Y。我这个刚生完孩子的新妈妈，不仅没有老老实实地坐"月子"，还成了照顾孩子的绝对主力。我们也没有给父母们太多向我们传授"传统经验"的机会，而是把在医院学到的种种最新的育儿方法和观念尽量分享给他们。比如小Y的小床放在靠近房间门的地方，奶奶担心开关门时产生的"风"会让小Y受凉。我们就告诉她其实孩子刚出生时没有排汗功能，而且新陈代谢旺盛，怕热远远多过怕冷，反而要比大人盖得单薄。又比如外公看我们拿挤出来没加热过的母乳喂小Y，担心他喝了拉肚子。我们就告诉他没有冷藏过的室温奶可以直接给孩子喝，反复加热反而容易让奶变质。

点点滴滴之间，我们的努力和坚持逐渐赢得了长辈们的信任，我们的育儿方法也逐渐获得了他们的支持。小Y在全家人的爱护下，体重从出生时相对于同龄婴儿体重的20%一路飙升到了60%以上，成了一个体型标准的小宝宝。一年多以后，我们带小Y旅行的游记开始得到一些网友的关注，常常有人留言问我们各种各样的问题。其中最让我意外的问题是：你们是怎么说服家里的老人让你们带孩子出远门的？在看到这个问题之前，我从来没有意识到这会是一个问题。孩子是我们的，要不要带他去旅行当然由我们决定，为什么需要去说服其他人。然而，这种对小Y完全的自主和长辈们对我们充分的信任，也许正得益于我们从一开始就亲力亲为的坚持。如果我们从医院一回家，就自动退居二线，让家里的长辈们成了照顾小Y的主力，那现在恐怕也不会拥有带上他说走就走的绝对自由吧！

小Y的足迹地图:

第二章

新的随身小行李

2个月的小Y迎来了他人生中的第一次旅行

2个月，手忙脚乱怀特岛行

　　小Y出生之后，我的日子立刻变成了喂奶、拍嗝、哄睡和换尿布的无限循环。很快，我们迎来了2011年，兔年的春节也快到了。那时我们已经有五个月没有出门旅行过了，加上小Y的外公外婆也在英国，所以决定一家人一起去英国最大的岛屿怀特岛度假一周。这次旅行，是小Y人生中第一次出远门，出发那天，他正好两个月。

　　虽然是第一次带小Y去旅行，我和老公却并没有太多的犹豫和担心。毕竟周围朋友里带孩子去旅行的人很多，医生也说过带孩子多出去走走看看对他的发育有好处，而且怀特岛离伦敦才不过四小时的车程，和我们过去在四十多个国家的自助旅行比起来，应该是很容易的事情。何况我们还在当地租了一间民宿，可以自己做饭，会和在家里带小Y没有什么太大区别。但实际上，多了一个小不点的旅行，远不是我们想象的那么简单。

　　出发那天，小Y一个人吃喝拉撒睡需要用到的东西，就几乎塞满了整个汽车后备厢，如同搬家一般。早上9点，我给小Y喂好奶，换好尿布，裹上睡袋，把他舒服地放进汽车安全座椅里。小Y也很配合地没有哭闹，车子开出去不到10分钟，就乖巧地闭上眼睛自己睡了起来。

没想到，我们才一出门就遇上了大堵车，走走停停直到中午12点还没有开出伦敦市区，幸好小Y在汽车的轻微震荡下睡得还算安稳。12点半，我们好不容易找到高速路，刚上去，小Y却突然饿醒了。两个月的孩子，对饥饿的忍耐力为零，醒了就必须马上喂。可是坐在高速行驶的汽车里，我根本不敢把小Y从安全椅上抱下来直接喂奶，小Y饿得一直哇哇大哭。幸好我想起包里有一瓶早上出门前刚挤的母乳，连忙把奶瓶塞到小Y嘴里，他立刻狼吞虎咽地喝了起来。老公也想办法赶紧从高速路上下来，好不容易找到个地方把车停下来，我才敢把小Y从安全座椅里抱出来，给他拍嗝、换尿布。出门在外，往往有计划赶不上变化的时候，身边带着一个小宝宝，任何变化都可能会产生一连串的连锁反应，父母的未雨绸缪周密打算是多么重要啊！

两点时，我们总算到了前往怀特岛的渡轮码头。已经5个小时没有喂奶的我奶涨到开始痛。过海的渡轮很大，所有的汽车排成长队，逐一开上渡轮甲板。乘客们纷纷下车到船舱内休息，我却完全没有心情欣赏海景，只是急着找工具挤奶。可是因为我们行李多又放得杂乱无章，我几乎把汽车后备厢里的东西翻了个遍，才终于在一个旅行包里找到了挤奶器，又从另一个箱子的最下面翻出了奶瓶。直到渡轮都快靠岸了，我才慌慌张张地勉强挤出了一些奶。这个教训让我知道了带孩子出远门时把行李分门别类放置有多重要。

后来我们再带小Y一起旅行时，我都会把路上随时要用的东西放在伸手就能拿到的背包里，可能会用到的东西则放在随身的小箱子里，剩下的其他行李才放在大旅行箱里托运。

一片手忙脚乱之后，下午3点，渡轮终于抵达了怀特岛，我们继

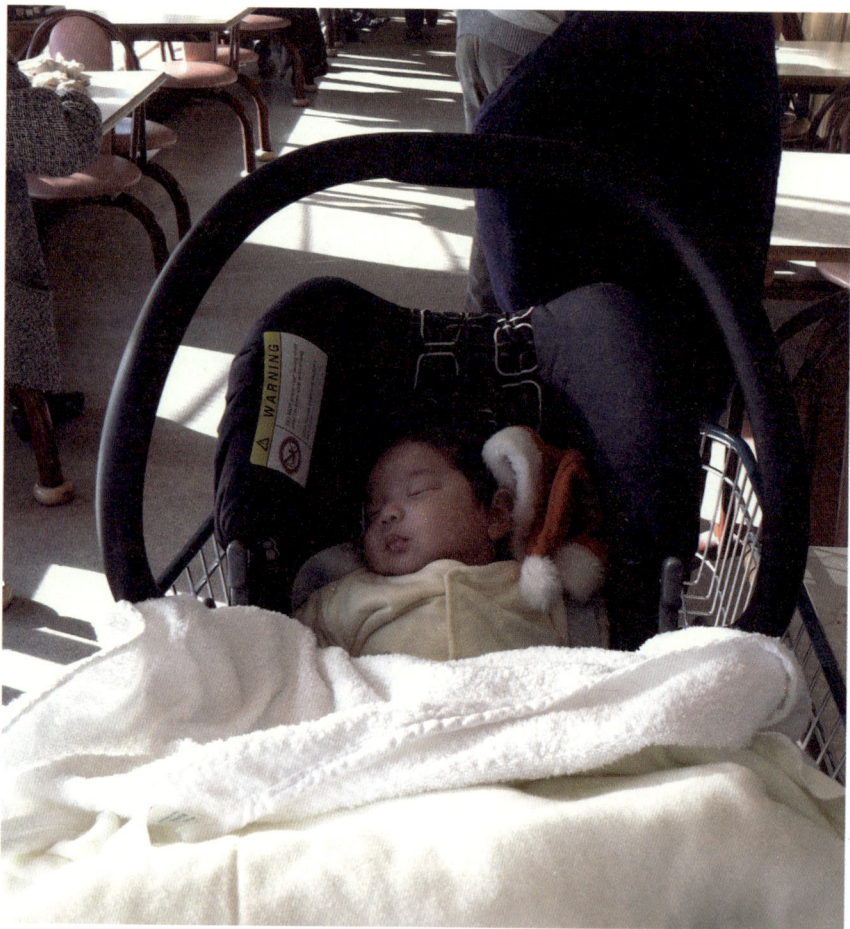

续驱车前往预订好的民宿。当初预订住宿时，我特意选了一个地点偏僻远离小镇中心的海边别墅，想象着一家人在如同世外桃源的地方共度除夕，是多么美好。结果，现实远没有我设想的那么浪漫，我们的GPS无法准确地定位这个偏僻的位置，在荒郊野外严重迷路，直到下午4点才终于找到。英国的冬天白天很短，我们到达时天已经快黑了！谢天谢地的是小Y在这个过程中又在车上睡着了！带孩子一起旅行，住宿的地方交通是否方便真是很重要。

找到了房主人藏在花园角落里的钥匙，我们开门进屋。小屋布置得温馨而可爱，正是我想象的样子。我还没来得及喘口气，一直乖巧的小Y突然大哭起来。幸好我随身携带了一个室温计，才想起屋里暖气没开，只穿了个睡袋的小Y是被冻得哇哇大哭。我们赶紧把小Y用厚厚的毯子裹起来，又满屋子转把每个房间的暖气开到最大。屋子里渐渐暖和起来，我又发现民宿里连卫生纸、垃圾袋这种最基本的生活用品都不提供，这是我在预订时完全没有想到的。而英国的许多小城镇商店通常下午5点就会关门，我和老公只好立刻马不停蹄地开车去附近的小镇采购，总算是赶在超市关门前10分钟，大包小包地买足了一家老小需要的东西。

等我和老公刚回到民宿，又一个坏消息传来，妈妈在我们外出时，用微波炉给小Y的奶瓶消毒。小屋里配备的微波炉和家里用的不一样，有烤箱功能，一不小心奶瓶消毒器就被烤出个大洞。正是因为这次经历，让我们在后来的若干次旅行中，都尽量选择设施比民宿更完善而且位置比较优越的酒店，以保证我们到达目的地时，一切生活必需品都已一应俱全。

第一次带小Y出远门，这绝对算不上一个顺利的开始，而此后的几天，我们更是遇到了各种完全没有预料到的问题。房东为小Y准备的婴儿床不适合他那么小的宝宝，结果小Y每天晚上都得在婴儿车里睡觉。冬天的怀特岛风很大，我们却没有给小Y带厚的滑雪衫和防风的婴儿背带。所以在绝大多数的景点，我们都只能把小Y放在推车里用厚厚的披风裹着，连到此一游的照片都没有拍成。而且小Y的小车结实有余灵活性却不高，一推上海滩就变得举步维艰。好几次在海边我们都只能把小Y留在车里，留下一个大人在车里陪他。我和老公不约而同地感叹，原来要想带着孩子一起旅行，光有热情是远远不够的，充分的准备真是至关重要。

2个月，新的随身小行李

    怀特岛之行是我们第一次带小Y出远门，由于缺乏充分的准备，值得反省的经验教训有一箩筐，甚至让我们有些怀疑带孩子一起旅行的想法是否不切实际。但是现在回想起来，那时候的小Y还是全母乳喂养，出门在外时，只要有我在，他吃的问题就完全不用操心了。他一天当中睡眠的时间占了将近三分之二，而且出门时在车上基本不出10分钟就会睡着。更重要的是，他还没有什么自我意识，不管我们去哪干什么他都不会有异议。那时的他就如同我们的一件新的随身小行李，甚至比他年纪大一些时带起来还要轻松。

    怀特岛不大，开车绕一圈不过两小时，加上那时候小Y晚上还没有开始睡整觉，我们在岛上基本没有提前定任何行程。天气好时我们就开车出门感受一下英式田园风光，天气不好时就留在小屋里抓紧时间轮流休息。这种度假方式其实和在家里照顾小Y并没有太大的区别，最多只是需要尽量选择小Y会睡觉的时候开车出门，以免打乱他正常的作息时间。而小Y的表现也相当不错，该吃吃该喝喝，醒过来的时候会好奇地东张西望看个不停。最让我们高兴的是他的睡眠情况不仅没有因为旅行受到不利的影响，而且还反而有了明显的改善。那几天，他突然可以躺在摇篮里入睡了，不再需要我们抱着哄，夜里醒来的时间间隔也延长了。

不过，怀特岛的旅行，对我们成年人的意义其实远大于对小Y的影响。新生命的到来固然让家里充满喜悦，但也会让大人身心疲惫。除了一天24小时照顾孩子，每个人还需要努力地适应自己在生活中全新的角色。不仅是我和老公初为人父母，就连我们的上一辈也是初为外公外婆、爷爷奶奶。小Y出生的前两个月，我和老公的神经时刻都绷得紧紧的，每天忙得团团转，连睡觉的时间都不够。面对一个每天都不一样的小生命，我们要学的东西很多，要面对的问题也总是层出不穷。那时我们最需要的，正是换一个环境出去走走的机会。带上孩子同行，在照顾好孩子的同时，让旅途中的每一点感动、每一片风光，帮我们暂时跳出那个喂奶、拍嗝、哄睡和换尿布的无限循环，重新找到原来的自己。

我们在怀特岛迎来了兔年，那不仅是爸妈第一次和我在海外过春节，也是第一次和女婿及外孙一起过年，难得的全家大团圆。虽然少了点在国内过节的热闹喜庆，却多了三代同堂的温馨幸福。大年三十，我们到一家典型的英式乡村餐馆吃年夜饭，小Y早早地就在摇篮里自己睡着了。餐馆里传统的壁炉烘得人身上暖暖的，还有一个极富英国特色的小酒吧。外公外婆对这一切感到非常新奇，东看看，西瞧瞧，像孩子一样兴奋地让我给他们照相，还坐到吧台上喝了一杯小酒。看着他们的样子，我才意识到，第一次来英国的他们，一下飞机就遇到我生孩子，一直帮着我们忙里忙外，连伦敦都没有好好逛过。这次在怀特岛，才算是终于有机会让他们体会一下地道的"英伦风情"。

大年初一清晨，因为要给小Y喂奶，我和老公都很早就醒了。于是我们索性在小屋门前的山崖上一起等待兔年的第一轮日出。朝阳在我们眼前，一点点映红了英吉利海峡的天空，直到一轮红日从海岸线上一跃而出，那是我们已经久违了的属于两个人的浪漫时刻，虽然短暂却格外珍贵。有了孩子，也不要忘记留一点时间给彼此，这是怀特岛之行带给我和老公最重要的启示。

6个月，转折性的挪威行

春节过后，小Y在全家人的呵护下一天天长大，我也在他四个月时结束产假重新开始工作。那时候他依然还是全母乳喂养，一天要喝一千多毫升的母乳。一边工作一边坚持母乳喂养非常不容易。我每天工作时间超过10小时，为了保证奶的产量，白天在公司要抽时间至少挤两次奶，晚上还必须爬起来挤一次。长期缺乏休息让我几近崩溃，好不容易坚持到小Y半岁，我开始逐渐给他断奶，用配方奶代替母乳并且开始添加辅食。小Y对这个变化很适应，对新口味的配方奶和辅食的兴趣远远超过吃了整整六个月的母乳。我作为"奶牛"的历史使命正式宣告结束，虽然有一点点失落，更多的却是如释重负。

小Y断奶后，我和老公决定去挪威Bergen过一次二人世界的周末。为了兼顾妈妈与职业女性两个角色而精疲力竭的我，实在太需要这样的一次休整了。那时的我，已经没有力气再张罗着带上小Y同行。偏偏在我们出发前一周，小Y突然发起高烧。第一次遇到他生病，我和老公都很紧张，一个周末带他跑了三次医院急诊科，最

后确认只是他这个年纪的宝宝都会经历的"幼儿急疹"。小Y一连高烧了三天，我和老公已经做好准备，打算随时取消去挪威的计划。直到我们出发前两天，他终于不发烧了，身上出了不少红色的"玫瑰疹"。公公婆婆对我们说：你们放心去吧，小Y有我们呢。带着各种担心和不舍，我们按计划出发去了挪威，这是小Y出生后我第一次离开他。虽然只是短短的两天，我们却不断地打电话回家，了解他还有没有发烧、吃得怎么样又睡得怎么样。

Bergen是挪威第二大城市，依山傍海，附近有著名的挪威峡湾。城市街头的建筑五颜六色，漂亮可爱如同一个童话王国。6月的北欧天气还有一点凉，但白天已经很长，半夜11点太阳才勉强下山。我们很快注意到Bergen街头推着婴儿车带着孩子在花园草地上玩耍的年轻父母格外多，晚上凉风习习，不少孩子居然穿得比我们还单薄。我和老公不约而同地感叹道：看看人家挪威小孩！

"看看人家"这句话，在接下来的两天里几乎成了我们的口头禅。我们去爬Bergen市郊的Floyen山，一路上，一次又一次吸引我们目光的，不是秀丽迷人的景色，而是许许多多带着孩子一起出游的年轻父母。我们遇到一对夫妇，让不到一岁的小孩站在一个专业的登山婴儿背包里，两个人轮流背着孩子爬山，跑得比我们还快。更多的人用婴儿车推着孩子出行，我们发现很多人的推车轮子特别大，如同越野车一般，推在山路上格外平稳。有人的推车甚至有六个轮子，爬起坡来如履平地。

　　最让我们惊讶的，是绝大多数的人不是只带着一个孩子，而是带着大大小小两三个甚至更多的孩子举家出游。我们坐船游览峡湾公园时，船上带着孩子同游的家庭也很多，其中一个妈妈怀里的孩子甚至还没有满月。孩子们欢天喜地，爸爸妈妈们似乎也悠闲自得。每一个这样幸福的画面，都让我强烈地思念起家里的小Y。我和老公不断地念叨：看看人家挪威的爸爸妈妈，我们怎么就连带一个小孩出游都做不好呢？此后的整个旅途，我们几乎一路都在观察那些带孩子出游的父母，看他们用什么装备，怎么应对孩子的各种状况。

　　短暂的挪威行，成了我们这个小家的一个重要的转折点，坚定了我们要克服一切困难带小Y去看世界的决心。我们相信，挪威的爸爸妈妈们可以做到，我们也一定可以。带着孩子一起旅行的乐趣，一定会让所有的辛苦和麻烦都变得值得。

7个月，坐"欧洲之星"去巴黎

从挪威回来之后，欧洲的夏天也悄悄地到了。我们计划着要趁着天气好，再带小Y一起出一趟远门。最终，我们决定带着他乘坐高速列车"欧洲之星"去巴黎，第一次尝试使用公共交通工具带孩子旅行。

巴黎是我和老公都非常喜欢而且熟悉的欧洲城市，在那之前我们已经去过四次。为了不打无准备之仗，我和老公开始分头行动。老公在多方比较之后，给小Y添置了一辆出游专用座驾，轻便易折叠，还可以躺平了睡觉。然后又在网上搜索了好几天，终于抓住促销打折的机会，订上了一个位置紧靠埃菲尔铁塔、价格也还可以接受的酒店。

我几乎读完了能在网上找到的所有带宝宝旅行的游记，虽然可供参考的类似经历并不多。预订火车票时，我第一次知道原来"欧洲之星"的第一节和最后一节车厢是专门的"婴幼儿车厢"，不仅座位空间更大，而且还设有专门的换尿布室。最伤脑筋的是准备行李，一方面要尽可能地轻车简从，一方面又得对各种可能出现的紧急情况准备充分。那时候小Y刚刚从母乳过渡到配方奶，辅食也才添加不久，出门在外时他吃什么，奶瓶餐具怎么消毒，万一生病怎么办，是让我最纠结的事情。最后我带上了足够量的液体奶，以及退烧药和几个消过毒的干净奶瓶，因为这几样东西都是绝对必不可少的。而尿布辅食这种体积大分量重的东西，我就只带了第一天需要的分量，打算不够的等到了巴黎再买，万一实在买不到就勉强对付一下。这样一来，我们的行李比上次去怀特岛时轻便了不少，路上常用的东西我放在了随身的背包里，剩下的就直接塞在了小Y推车上自带的购物袋里。

小Y一直是个早睡早起的孩子，每天早上都是六七点就醒了。出发这天，他更是五点多就睁大眼睛坚决不睡了，好像知道今天要出远门一样。吃过早饭，我特地精心把他打扮了一番，帅气的背带裤，可爱的小红鞋，遮阳帽小墨镜，标准游客造型。说来很是奇怪，小Y平时都很抗拒穿鞋，每次一穿上他都会发脾气把鞋踢掉。但那天他却非常配合，乖乖地任我们折腾。准备就绪，我们和小Y一起告别了爷爷奶奶，三个人雄赳赳气昂昂地出发了。

没想到刚到火车站，就出现了意料之外的状况。"欧洲之星"的安检流程和机场类似，必须把小宝宝从推车上抱起来，而且推车上所有的物品必须清空。我把小Y所有的东西都塞在了推车的购物袋里，却没有用包装起来。安检时，我只好手忙脚乱地在众目睽睽之下把小Y的尿布奶瓶玩具以及种种乱七八糟的东西一样一样地翻出来。面对被我们堵在后面的乘客，我觉得自己脸上直发烧。上车以后，婴儿车厢虽然比普通车厢大，但推车还是必须折叠起来放在

行李架上，所以塞在推车里的东西只好又一次被我扒拉出来，临时
用几个塑料袋装上。

在火车上，我们很快意识到了小Y着装上的问题。背带裤虽然帅气，但换尿布的时候要从上到下整个脱掉，非常不方便。在摇摇晃晃的火车上换尿布，本来就是一个难度系数不低的工作，这下更成了高难度动作。不过，除此之外，第一次带着小Y坐火车，还是比我们想象的要顺利得多。小Y刚上车时还有点紧张，一声不响地左顾右盼，小拳头攥得紧紧的，但好奇心很快就让他的胆子渐渐大了起来。最让小Y感兴趣的是车厢里一张张陌生的面孔，尤其是那些叽叽喳喳的小孩子。和我们相邻的座位坐着另外一个三口之家，其中的小女孩有四五岁。小Y先目不转睛地盯着人家看了半天，然后就哼哼哈哈地主动和小姐姐搭讪起来。我们原本还担心火车上的时间会不好打发，结果小Y一路上忙得不可开交。火车上的桌子、椅子、窗户和车窗外嗖嗖掠过的风景，对他来说无一不是新奇玩意儿，每一样都够他研究半天。他还在火车上和平时一样按时睡了一个小觉。只不过因为他在家一直是自己躺在床上入睡，在车上被我抱着睡反而有些不习惯，我和老公轮流哄了好一会儿他才睡着。

"欧洲之星"带着我们穿越英吉利海峡的海底隧道，顺利到达巴黎，不仅小Y很兴奋，连我们都觉得很激动。这是我们第五次来巴黎了，第一次来时我和老公还只是朋友，第二次是恋爱中，第三次带着爸妈同行，第四次是我们结婚以后，现在居然带着孩子又来了。

7个月，令人崩溃的巴黎地铁

　　巴黎的地铁我们以前已经坐过很多次，印象一直还不错。但这一回带着小Y，感受立刻和以前大为不同。到达巴黎后刚进地铁站，我们就开始挠头，不仅找不到升降式的电梯，连手扶电梯都很少。幸好我们有两个人，行李也不多，可以抬着小Y的推车下楼梯。等我们到了地铁的检票闸口，就更傻了眼——闸口的门很窄，婴儿车根本过不去，更要命的是周围居然看不到一个工作人员。我们在闸口东张西望了半天，终于发现入口处还有一扇门，门边上有一个小按钮，下面是一行小字，大意是如果有大件物品要使用此门可以按按钮和工作人员联系。我们迫不及待地按下按钮，一连按了几次之后，终于有人回应了。门自动打开，我们和小Y终于进了站台。

　　在伦敦时，我们也经常带着小Y坐地铁，从来没有感觉到过伦敦地铁的特殊。现在和巴黎的一对比，我们才发现伦敦的地铁要人性化很多。大多数主要的地铁站都有升降电梯，最起码也有手扶式电梯，推着婴儿车出行基本上没有障碍。每一个地铁站的闸口，都有一个专门的大件行李门，乘客自己刷卡就能进出。在机场火车站这些带行李旅客较多的地方，这样的行李门常常还不止一个。除此以外，正常工作时间，绝大多数的地铁站都能看到工作人员的身影。

小Y在地铁上很兴奋，一个劲地东张西望。车上人很多，我怕他被别人背的包包撞上，就用小车的遮阳篷帮他隔出一个小小的空间。小Y自己却不断地主动招惹别人，一会儿冲人笑笑，一会儿伸手摸别人的包包，甚至胆敢去掀旁边阿姨的裙子。我只好无奈地冲别人笑笑，一个劲地帮小Y道歉。不过车上的人都很友好，大家都被这个不安分的小不点逗乐了。

下车以后，我惊喜地发现车站有向上的手扶电梯，迫不及待地推着小Y站了上去。就在电梯缓缓上升的过程中，我突然意识这个电梯原来是露天的，而外面不知什么时候开始下起了大雨。我手忙脚乱地连忙用遮阳篷帮小Y稍稍挡住点雨，一到地面，就赶紧去找推车的遮雨布，幸好我把这个重要的东西放在了伸手就能找到的地方，而且小车自带的遮雨布安装起来也很方便，小Y才没有被淋成个落汤鸡。

第二天，巴黎的地铁更给了我们一次哭笑不得的经历。我们进入地铁站后，又遇到了行李门的问题。这一次我们有经验了，直接去按旁边的按钮。不过一连按了好几次、又等了好几分钟之后，完全没有人回应。另外一对也和我们一样带着孩子的夫妇，站在闸口和我们面面相觑。过了一会儿，又来了一对带孩子的夫妇，他们看起来像是巴黎本地人。两个人完全没有看那个通话按钮一眼，爸爸直接就刷卡进了站。正当我们在旁边疑惑不解时，那位爸爸走到地铁出站闸口处，从里面推开了出口的门。巴黎地铁的出口门是不需要刷卡的，但只能从里面打开，而且门的宽度也很大。只见那位妈妈几乎在眨眼之间，就身手敏捷地推着推车从出口门冲进了地铁站。看到这样的一幕，我们和旁边的那对夫妇都大笑起来，原来巴黎人民是这样进地铁的呀！我和老公连忙如法炮制，像一个地道的巴黎人一样，带着小Y顺利冲进了站台，还非常无奈地连地铁票也省了。

后来，我有一个朋友也带着孩子去了巴黎，回来以后发的第一条微博就是：终于回到地铁站有行李门的伦敦了！看到这条微博时，我简直感同身受。巴黎之行以后，我们又带着小Y去过很多地方，每一个城市公共设施的无障碍程度，对我们在旅途中的感受都会产生重要的影响。在这些城市中，地铁站没有电梯的地方虽然不少，但没有行李门还找不到工作人员的城市绝对非巴黎莫属。所以直到现在，巴黎地铁依然位列我心目中最让人崩溃地铁首位。

7个月，我们爬上了埃菲尔铁塔

埃菲尔铁塔，是巴黎的象征，也是我和老公最喜欢的巴黎地标。铁塔的雄伟壮丽，不身临其境，很难想象。八年前我们第一次来巴黎时，还是两个刚刚出国不久的穷留学生，靠着自己打工赚的一点点钱，精打细算下第一次当背包客。当时的我们，住得便宜吃得简单，但一点也不觉得辛苦，因为能亲身登上埃菲尔铁塔，俯瞰巴黎这个浪漫之都，就已经觉得太幸福了。从那以后，几乎每次到巴黎，我们都会专程去一次埃菲尔铁塔。

这次再游巴黎，有了小Y这个新成员加入，我们更是迫不及待地想带着他去和埃菲尔铁塔进行一次亲密接触。我们的酒店就在埃菲尔铁塔旁边，走路只要几分钟。到巴黎的第一天，等小Y吃饱睡足之后，我们就推着他去埃菲尔铁塔朝圣了。走出酒店没几步，我们就已经能远远地看见铁塔了。我和老公都格外地兴奋和激动，似乎即将把一件珍宝展现在小Y面前。平时，为了让小Y养成坐推车的习惯，我们出门一般都不会抱着他走。但是这一次，老公破例把小Y从推车上抱了起来，让他骑在自己的脖子上。坐得高看得远的小Y

兴奋极了，在爸爸脖子上手舞足蹈地哇哇大叫。爷俩雄赳赳气昂昂地大步流星走在了前面，我则狼狈地追在后面一边推车一边还要给他们拍照。

我们带着小Y绕着铁塔一连转了好几圈，铁塔下游人如织，很多人都在排队等着登塔。中国人说不到长城非好汉，在巴黎，没有登上埃菲尔铁塔，恐怕也不能算是真的到过巴黎吧！我和老公也跃跃欲试，打算带着小Y，再爬一次埃菲尔铁塔。老公先去找工作人员了解清了具体情况。铁塔可以徒步攀登的部分一共有两层，高115米，带孩子爬铁塔没问题，但是没有地方储存婴儿车，所以要么就别带推车，要带就得连孩子带车一起扛上去，而且推车还必须是能完全折叠起来的类型。心中有数之后，我们决定第二天早上趁着游人较少的时候去登塔。

第二天一大早，我们整装出发，带着小Y挑战埃菲尔铁塔。经过慎重考虑，我们还是带上了推车，因为上塔前还得排队，没有推车抱着他排上半小时一小时的队也不会轻松。不过为了减轻负担，我们最大限度地缩减了其他携带的物品，除了一瓶矿泉水和干面包以外，没特别给小Y带任何吃的东西。平时在家喝水吃饭都有很多讲究的小Y，要第一次跟着我们发扬艰苦朴素的精神了。

在塔底排队准备登塔的队伍里，小Y格外显眼。半个多小时以后，终于轮到我们了。老公用婴儿背带把8公斤多的小Y挂在胸前，背上还背着我们的背包，如同一个要上战场的战士。而我的主要任务是搞定近7公斤的推车。排在我们前后的游客都纷纷冲小Y挥手，为我们加油鼓劲。我们沿着楼梯一级级往上爬，小Y显得非常兴奋，挂在爸爸胸前哇哇大叫手舞足蹈。一路上我们的回头率极高，遇到的几乎每一个人都会为我们加油叫好，所以虽然累，但心里还是很得意，不知不觉中居然就到了57米高的第一层。观景台上，父子两个人戴着墨镜一起装酷卖萌，我的镜头中，巴黎灿烂的阳光倾洒在他们身上。

我们坐下来休息吃东西补充体力，七个月的小Y跟着我们一切从简，干面包配冰水，却吃得很开心。休整完毕后改成了我背小Y。虽然小Y比推车重，但是背带的设计起到了一定的省力作用，背起他来反而觉得更轻松。越往上爬，眼前风景越好，我们的劲头也越大。终于，我们带着小Y，顺利地爬上了埃菲尔铁塔的第二层。放眼望去，蜿蜒的塞纳河，雄伟的凯旋门，整个巴黎似乎都在我们脚下了。第一次从100多米高的地方俯瞰这个世界，小Y显得非常好奇，眼睛瞪得大大的四处张望。塔上的风很大，吹得我的头发乱飞，但小Y有保暖防风的婴儿背带保护着，一点也不冷。和几个月前在怀特岛时比起来，合适的装备果然让我们得心应手了许多。

能够带着小Y再次爬上埃菲尔铁塔，我和老公心里充满了成就感，铁塔仿佛见证了我们成为年轻父母的人生新阶段。我们对于带孩子一起旅行的信心也大大地增加了。也许，只要能根据孩子的实际情况进行周密的准备，即使是带着一个小不点，精彩的环球之旅依然可以继续！

更出乎我们意料的是，这次短暂的巴黎之行的经历，还在小Y三岁多时轻松地帮助他消除了对法语的抵触情绪。那时候他所在的学校刚开始教孩子们法语，可是小Y却莫名其妙地一上课就大哭。于是我找出了我们带他去巴黎时的照片给他看，并告诉他法语就是去巴黎要说的话。看着照片上埃菲尔铁塔前被爸爸妈妈抱在怀里的小时候的自己，小Y又好奇又高兴。而他对学习法语的态度也因此发生了180度大转弯，第二天去学校，他就骄傲地告诉老师，自己还是baby时就去过巴黎了，等学会了法语还要再去。

7个月，热闹的环法自行车赛

环法自行车赛，是世界上公路自行车赛中最重要的赛事，比赛的终点设在巴黎著名的香榭丽舍大街。我们去过巴黎这么多次，却从来没有遇上过。真是择日子不如撞日子，带着小Y去巴黎时，我们正好凑上这么个大热闹。

比赛那天吃过午饭，我们本打算趁小Y午睡的时间，推着他去香榭丽舍大街上逛逛。走出去没多久，小Y就自己不声不响地在推车上倒头睡了。小孩子的生活真简单，饿了就吃，困了就睡，无论在哪里，也无论有什么天大的事情要发生。小Y一睡觉，我和老公就轻松了，可以暂时放下爸爸妈妈的架子，享受一下属于我们的悠闲时光。

巴黎的街景总是那么优雅迷人，大气却又充满精致的细节。离香榭丽舍大街还有好几条街时，熙熙攘攘的行人变得越来越多，马路两边还有很多环法自行车赛的标志和旗帜。我们这才意识到自己不小心凑上了个大热闹。我们一边走，一边还临时添置了一整套的行头，有背包、帽子、头巾、T恤、护腕，还有玩具熊小挂件，清一色环法自行车赛标志性的黄色。

我们到达香榭丽舍大街时，比赛的队伍还没有到，但大街两边的人行道上已经挤满了兴奋的观众，庆祝活动早已开始。马路中间不断有各种表演花车通过，既有辣妹的真人热舞秀，又有几米高的充气玩偶。整个现场人声鼎沸，而且不时从花车上传来震耳的鼓乐声。这么嘈杂的环境下，一开始我还很担心小Y会被吵醒，所以只要看到有花车靠近就把他的耳朵捂住。后来发现这完全是多此一举，无论周围的声音多么大，他都在车上睡得纹丝不动，看那样子就是被倒挂起来也不会醒。小Y一动不动和平时一样睡足两小时，准时自己醒过来，生物钟的力量真是强大呀！小Y这种走到哪里都能睡的能力一直保持到现在，也不知道究竟是与生俱来，还是与我们平时经常带他外出、让他在小车上睡觉有关。

小Y醒过来之后，我们本想找个咖啡厅给他换尿布喂奶，结果大街两边所有的餐馆咖啡店都已经爆满。好不容易找到的厕所也排着长队。我们的便携式换尿布垫这下派上了大用场，在小车或者地上一铺，让小Y往上一躺，随时随地都能换尿布。七个多月的训练，我换尿布的招式已经练就得如行云流水般顺畅，周围的人根本还没注意到小Y的光屁股，我就已经大功告成了。我们再一次深刻地体会到，带孩子出门旅行，实用的装备是多么重要。

我们正坐在路边给小Y喂奶时，人群突然欢呼起来，比赛的队伍到了！现场看比赛和电视上感觉果然不同，根本还没看清是谁，运动员就嗖嗖地飞车而过了，速度比想象中的要快得多。长长的比赛队伍如同一条彩色的长龙，从香榭丽舍大街上呼啸而过。喜欢运动的老公自己也是第一次看到环法自行车赛现场版，兴奋地把小Y高高地举过头顶，挤在人群里为选手加油。现在回想起来，那其实正是带孩子一起旅行的幸福之处，作为父母的我们，可以随时随地把自己喜悦的情绪，第一时间传递给孩子。孩子能否理解我们快乐的原因并不重要，重要的是让他们看到爸爸妈妈脸上比平时更灿烂的笑容。

10个月，小Y第一次坐飞机

巴黎之行让我们开始相信，只要能根据孩子的需要认真做好准备，带着小宝宝一起旅行是完全可行的。小Y在巴黎的表现也给了我们更多的信心，一路上他吃睡正常，没有生病，没乱哭闹，对新事物新环境充满好奇，似乎比在家里还让我们省心。小Y十个月时，传来一个好消息，英国的邻居爱尔兰改变了签证政策，对持有半年以上英国访问签证的游客实施免签。中国护照能得到免签待遇的机会屈指可数，加上爷爷的生日快到了，我们决定抓住大好机会，去一趟都柏林。这次旅行最大的挑战，是小Y要第一次坐飞机啦!

这次两个多小时的短途飞行，被我们当成了一次实战大演习。以前坐飞机，经常会遇到一些哭闹不止的小孩子，现在自己当了父母，才能理解那些年轻父母那种无奈的心情。不到一岁的小宝宝如果在飞机上哭闹起来，讲道理听不懂，威胁恐吓也完全没有用，要想哄住真不是件容易的事情。我在网上四处寻找别人带孩子坐飞机的经验，搜集了各种各样应付孩子在飞机上哭闹的方法，可以说是如临大敌，严阵以待。

听说由于气压变化引起耳朵不适，小孩在飞机起飞降落时最容易哭闹，让他们用安抚奶嘴或喝一些水可以缓解不适。于是我一口气给小Y买了三四个不同款的安抚奶嘴，又给他准备了矿泉水、液体奶和几种不同口味的果汁，准备到时候他喜欢咬什么就咬什么、喜欢喝什么就给他喝什么。为了帮助他打发在飞机上的时间，我几乎带上了所有小Y喜欢吃的零食，饼干、奶酪、葡萄干还有各种水果。他的玩具我也带了一大堆，从长颈鹿苏菲到会唱歌的音乐书，应有尽有。最后，为了避免路上来回奔波，我们咬牙放弃了便宜的廉价航空公司，选择了离家最近的一个机场出发。

一切就绪，终于到了出发的那天。晚上七点多，我们带上小Y出发了。机场的安检和"欧洲之星"几乎完全一样，有了去巴黎的经验，这一回一切都进行得有条不紊。唯一的一点区别是随身携带的婴儿食品如果是液体，需要我们当场随机试吃一部分。

小Y平时都是八点睡觉，过了安检之后，还没等到登机，他就困得在推车上睡着了。婴儿推车是可以一直带到登机口，在登机前才交给工作人员托运的。我们把小Y从推车上抱起来时，他突然醒了过来。双眼迷蒙地发现了自己眼前有一个奇怪的庞然大物。进入机舱以后，里面的一切对他来说都太新鲜了，虽然困得眼睛都睁不开，他还是硬撑着安安静静地观察着眼前的一切。老公在空姐的指导下第一次使用婴儿安全带，小Y坐在爸爸的腿上，专心地看着舷窗外停机坪上的灯光。很快，飞机开始滑行，准备起飞，我拿出安抚奶嘴给他，不要，又换奶瓶，也只轻描淡写地喝了两口，他的注意力完全在机窗外面。飞机逐渐腾空而起，越升越高。机窗外，是整个伦敦灿烂的夜景，星星点点的灯光构成一幅延伸到无限远方的壮观画面。在那一刹那，我注意到了小Y眼睛里一个细微的变化。他原本迷蒙的双眼，随着飞机的升高，越睁越大，越来越亮，眼珠子鼓得几乎要掉出来了一样。

飞机起飞以后，安全带指示灯还没有熄灭，实在太困的小Y就直接靠在爸爸身上睡着了，而且直到下了飞机到了酒店也没有醒。我所做的种种充分准备，居然一点也没有派上用场。老公事后一个劲地拿这件事情挖苦我，故意对小Y说：你怎么能就这么一上飞机就睡了呢？你知道你这么不吵不闹从头睡到尾，妈妈心里有多么失落吗？

第一次带小Y坐飞机，就这么波澜不惊地结束了。要说失落，还真是有一点。这次经历让我发现了带孩子坐飞机的制胜法宝，就是要想方设法让他在飞机上多睡觉。从都柏林第一次坐飞机开始，小Y在三岁前一共坐了三十次飞机。短途飞行我总是尽量选择他午睡时间的航班，长途飞行我也会提前调整他的睡眠时间。以至于后来他把坐飞机和睡觉当成了彼此关联的事情，飞机一在跑道上滑行，就会自己主动闭上眼睛开始睡觉。

10个月，酒吧之都的夜生活

在这次旅行之前，虽然我从来没有去过爱尔兰，但却对这个国家有着极大的好感。因为在这些年里，我所遇到的每一个爱尔兰人，无一例外都和蔼、友善、热情、健谈却毫不张扬，浑身上下散发着亲和力。我的直觉告诉我，这一定和他们共同来自的那个国家有某种关系。

白天的都柏林，是一座宁静安详的城市。古老的教堂，古老的街道，还有爱尔兰最古老的大学——圣三一学院。我们推着小Y走在路上，总是不时有人停下来和我们打招呼："你的孩子太可爱了！""这真是个漂亮的孩子！""你的孩子叫什么名字？哦，他的名字真好听。"……有一位老奶奶甚至对我们说，她总是跟遇到的每一个小孩交谈，因为每一个小孩都是天使送来的礼物。

但是，作为吉尼斯啤酒和爱尔兰音乐的发源地，看似平淡如水的都柏林却拥有"酒吧之都"的称号。都柏林夜生活的中心叫Temple Bar，是一条狭长的街道。街道上画廊剧院林立，白天，这是一个充满爱尔兰气息的艺术中心。到了晚上，整条街变得五光十色，酒吧和餐厅成为这里的主角。其中最著名的一间是有160多年历史，和街道同名的老字号酒吧Temple Bar。爱尔兰的酒吧，除了吧台之外，桌椅座位不多，大多数人都手里端着酒杯，站着和朋友喝酒聊天。酒吧里气氛热烈却丝毫也不乌烟瘴气。每一间酒吧都有乐队现场演奏欢快悠扬的爱尔兰乐曲。许多人喝到高兴处，还会伴着音乐跳上一曲欢快的踢踏舞。

因为小Y每天晚上八点要准时睡觉，带他一起旅行时还想要体会当地的夜生活并不容易。为了不影响他的正常睡眠，我们只好先按时给他吃饭洗澡，等到他睡下以后，才用小车推上他出门去吃晚饭。只是我们完全低估了都柏林餐厅的火爆程度，没有提前预订位置，结果Temple Bar几乎所有的餐厅都座无虚席。我们在寒风中等了很久，好不容易找到座位刚坐下，小Y居然就被餐厅里的喧哗声吵醒了。他一醒过来，立马发现自己置身在一个热闹又有趣的地方，坚决不肯再睡回去了。这样的情况，我们还是头一次遇到。

小Y出生以来，从来没有在晚上外出活动过。这次，我们索性既来之则安之，破例让他晚睡一天，跟着我们一起看看夜晚的都柏林。虽然距离上次去巴黎还不到三个月，小Y的变化却是巨大的。十个月的孩子精力旺盛了很多，对"玩"的兴趣也已经开始超越吃和睡这些日常活动，不再是那个吃饭睡觉大过天的小宝宝了。餐厅里有许多不同肤色的客人，小Y好奇地看着他们彼此谈笑风生，尤其是盯着几位年轻漂亮的阿姨看得目不转睛。可是有老爷爷老奶奶主动跟他打招呼时，他却对人家不理不睬。这大概也算是孩子天性的自然流露吧。餐厅外面的街道上，有丰富多彩的街头艺人表演以及鼓励大众参与的游戏。川流不息的人潮里，有人放声高唱，有人载歌载舞，还有人故意把自行车反过来骑。小Y骑在爸爸的脖子上，兴高采烈地到处看热闹，兴奋得眉飞色舞。他大概是第一次知道，原来天黑以后的世界比白天更加精彩。

第二天早上，小Y比平时晚醒了一些儿，午觉的时候又多睡了一会，正好把前一天晚上少睡的觉补上了。到了第二天晚上，他

HOTEL
SAINT-MARTIN

URANT LA ROMAN

的作息时间就又恢复了正常。我们开始意识到，小Y已经渐渐长大了，外出旅行时，也可以适当和我们一起参加一些有价值的夜间活动。生活规律因此偶尔被打乱一点，也未尝不可。当然，如果能提前有针对性地对他的睡眠时间进行调整，那就更完美了。小Y一岁多时，我们又去了西班牙巴塞罗那，那是一个全体人民九点才开始吃晚饭的不夜城。因为有了在都柏林的经验，我特地从出发前几天就开始改变小Y的作息时间，延长午睡并推迟晚上入睡的时间，让旅行和他的日常生活，更合理地结合在了一起。

1岁，伦敦到北京的时差

不知不觉中，小Y迎来了他的一岁生日。在小Y的一岁生日会上，我们按照中国的传统习俗让他抓周，抓周的用品是十二块非常特别的饼干。饼干的造型有书，有画板，有美元，也有唱片，每一块都是我的一个朋友特别为他精心设计，手工制作，然后从上海送来的。小Y几乎是不假思索地抓起了飞机饼干，似乎是打定主意要跟着我们满世界飞了。很快，圣诞假期到了，我们带着小Y第一次回中国度假。从伦敦到北京，成了小Y的第一次长途飞行。

由于有了坐飞机去都柏林的经验，这一次我们胸有成竹了许多。不过长途和短途飞行毕竟不一样，何况还有整整八个小时的时差要倒 。出发前我特地给航空公司打电话，确认飞机上是否会给小Y提供婴儿摇篮。工作人员很仔细地询问了小Y的年龄、身高和体重，然后告诉我婴儿摇篮对小Y来说可能太小了，不过可以帮我们准备婴儿躺椅。躺椅虽然不能像摇篮一样让孩子躺平，但小Y一直很喜欢Bouncer这一类的躺椅，所以反而更合适。

我最担心的是时差问题，每次我们自己回国，时差都要倒好几天，一个小宝宝恐怕更免不了昼夜颠倒了吧。回国前我专门制定了一个倒时差的时间表，计划花上一个星期，逐步调整小Y的时差。

我们一直很注意让小Y养成规律的作息时间，那时候他每天上午十点左右会睡大约二十分钟的小觉，然后中午一点半开始睡午觉。我们回国的航班是下午四点多起飞，为了让小Y在飞机上多睡觉，出发那天，我故意没让他睡上午的小觉。大约十一点，我们就从家里出发去机场了，小Y在汽车上摇摇晃晃地睡了半小时。我们到机场时才十二点半，办完登机手续后，我们就带着小Y到机场的儿童游乐区玩，尽量消耗他过剩的精力。游乐区里玩具多小孩子也多，加上在车上睡小觉的时间比平时推迟了，小Y兴高采烈一直玩到我们开始登机，没有再睡午觉。登机以后，已经四个小时没有睡觉的他，早就已经筋疲力尽。飞机才刚起飞，安全带指示灯都还没熄灭，小Y就靠在我身上呼呼大睡起来。这算是初战告捷了！

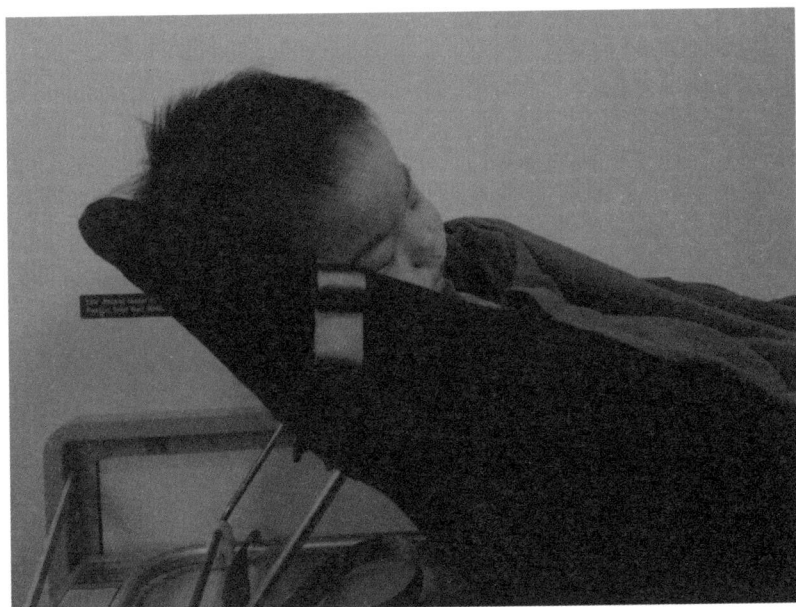

飞机开始平飞后，我把小Y放在座位前方的婴儿躺椅上，开始悠闲地吃晚餐，看电影，还和老公玩起了"大富翁"。小Y非常给力地一口气睡了四个小时，直到晚上八点半才饿醒，超过了他平时吃饭的时间差不多两小时。吃好饭，喝好奶，飞机上光线很暗，加上每天晚上八点睡觉形成的生物钟，小Y很快就又倒头睡了。那之后小Y又睡了差不多四小时，直到飞机着陆前不足一小时。虽然中间每个小时都会醒一醒，但哄哄就又睡回去了。十个小时的飞行，小Y自己在躺椅上睡了差不多八个小时，完全没有出现要我们抱着睡的情况。我和老公一路上超乎想象的轻松，心里暗自庆幸！

北京时间第二天上午十点半，小Y第一次踏上了中国的土地。虽然没有像平时晚上那样睡足十二小时，但下飞机之后的小Y显得神采奕奕生龙活虎。那天下午一点多，小Y和平时一样睡起了午觉，晚上八点又准时梦起了周公，不费吹灰之力就从伦敦时间过渡到了北京时间。起初的两天他虽然半夜会醒过来，但我们坚持不开灯不说话，他很快就能又睡回去，没有出现明显的时差问题。他的表现让我惊讶得大跌眼镜，原来小孩子是看天色过日子的，天亮起，天黑睡，适应能力比大人还强啊！我回北京前准备的那个时差调整计划，完全成了废纸一张。

现在回想起来，小Y的第一次长途飞行能如此顺利，一方面得益于他平时规律的作息和登机前有计划的作息调整；另一方面也得益于我们在都柏林之行中积累的宝贵实践经验。我们正是在这一点一滴的摸索中，带着小Y越飞越高越走越远了！

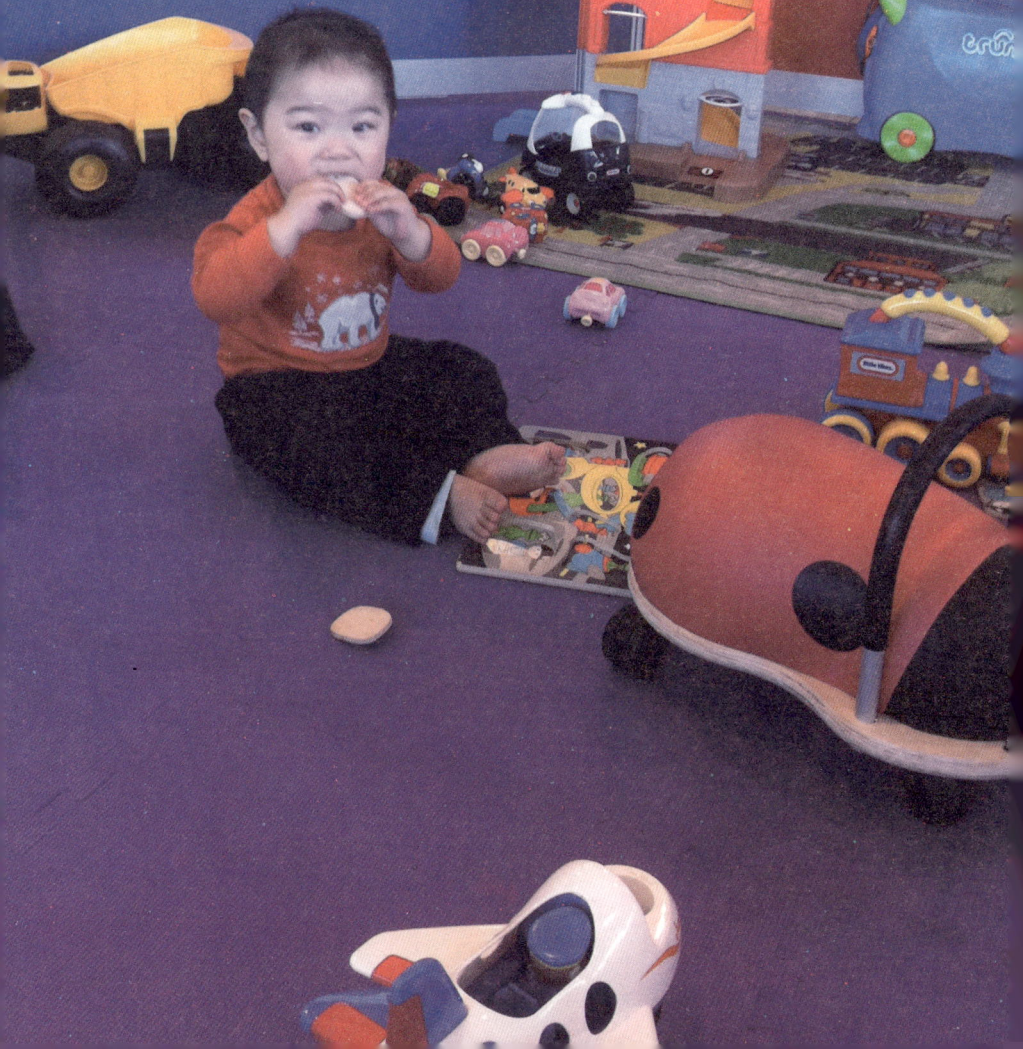

1岁，第一次在旅途中生病

　　小Y在北京机场受到了亲友们明星一般的接待，他好像也很享受这种前所未有的关注，非常主动地展示自己的各种本领。大家都抢着抱他逗他，在英国时出门必须坐推车的原则，立刻被抛到九霄云外去了。

　　到了北京之后，亲戚朋友的聚会一个接着一个，时间全都安排得满满的。我和老公只能晚上趁小Y睡着以后，溜出去逛逛前门或者看一两场话剧。北京的冬夜很寒冷，我们却觉得充满了家的温暖。到北京的第三天，我们终于有一点时间带小Y去天安门看看了，可是那天天气很不好，PM2.5值有200多，整个天空都灰蒙蒙的。但是我们在北京的时间有限，所以还是带着小Y出门了。老公开玩笑地说，要让小Y经受一下PM2.5 200的洗礼。

　　第一次到天安门，第一次见到这么大的广场，小Y表现得非常兴奋，骑在爸爸脖子上不畏严寒地东张西望。老公第一次到北京是两岁，我则是上了大学之后，而才一岁的小Y，就已经到过天安门了！对于他来说，这有着认祖归宗的特殊意义。但是，去完天安门的当天晚上，小Y就发起烧来，没有经受住我们对他的考验。这是他第一次在旅途中生病。

在英国，生病不吃药是经常的事情，一般的感冒发烧嗓子疼，大家都懒得去看医生。因为不管你自己觉得多么严重，医生只会告诉你：回去多喝水多休息，如果发烧就吃点退烧药，病过几天自然就会好。至于像小Y这样的小孩子，医生更不会轻易使用任何药物，尤其是抗生素。据说这样做的目的，是为了增强孩子自身的免疫系统，依靠自身抵抗力而不是药物来战胜病毒。

小Y六个多月时因为"幼儿急疹"发过一次高烧，我们没有经验紧张得一个周末跑了三次医院，从医生那里学会了应付小孩发烧的两个手段。第一招，吃退烧药。在英国有两种最普遍的儿童退烧药，一般情况下吃其中一种，严重时两种交替着吃。原则上只要孩子体温能控制住，而且精神状态不错，不仅不用吃抗生素或者输液，就连医院都没必要去。退烧药其实对感冒或发烧没有治疗效果，只是起到缓解症状的作用，其实就是让孩子靠自己的抵抗力硬扛！第二招，脱衣服洗冷水澡物理降温。医生告诉我们小孩子发烧不能"捂汗"，因为他们体内液体比成人少很多，非常容易脱水。正确的做法是把孩子身上的衣服全脱掉，自然散热物理降温，需要的时候还可以用35度左右低于体温的凉水洗澡。当时小Y的爷爷奶奶也在英国，对这些做法完全难以理解。幸好医院的一位医生来自香港，会讲中文，我特地请她用中文给小Y的爷爷奶奶详细解释了一遍，他们才半信半疑地接受了。

小Y在北京发烧以后，我们没有立刻带他去医院，而是按照在

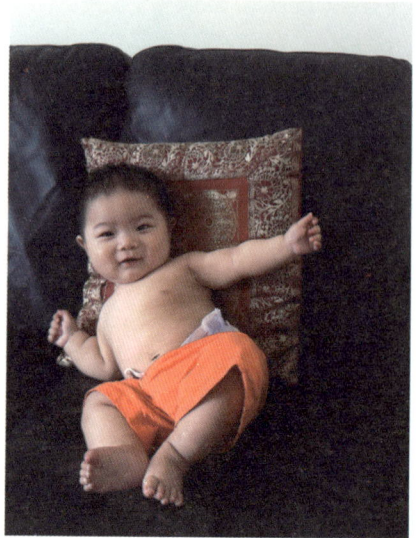

英国时的方法，给他吃了退烧药。我们又把他衣服脱得精光，只穿个尿布。北京的室内都有统一供暖，但是温度难以调节，我们就把窗户打开来降低室内温度。十二月的北京，室外温度在零度以下，只穿了个尿布的小Y让家里的亲戚们看得心惊肉跳。他自己的精神状态倒是很好，觉得不穿衣服又舒服又爽快，兴高采烈地爬来爬去。我们取消了小Y的所有外出活动，让他好好休息。平时作息规律的他，在生病期间想吃就吃想睡就睡，如同放假一般自由。而且因为一直还没有吃过糖，他完全把甜甜的退烧药水当成了我们对他的奖赏。孩子的复原能力是惊人的，三天后他就已经好得上蹿下跳了。

关于带孩子旅行，我被问得最多的问题就是孩子会不会容易生

病，生病了怎么办。孩子生不生病有很多因素，我们可以通过合理地安排行程来减低他们生病的可能，尽量不打乱他们平时的生活习惯。但是如果真的生病了，也只要和在家里一样冷静处理就行了。如果因为怕孩子生病而不敢带他们出门，恐怕就成因噎废食了吧！

1岁，中国初体验

　　小Y第一次回中国，从北京到杭州再到成都，绕着中国转了大半圈，我们笑称这是第一届"小Y中国巡展"。其实回国前我非常担心，怕一路奔波加上三个地方气候条件差别很大，小Y会不适应，甚至还因为行程问题和老公爆发争执。没想到除了在北京发了两天烧以外，小Y一路上吃得好睡得香，尤其是对天南海北的中华美食，完全来者不拒。

　　在这三个城市探亲访友之余，我们总是尽量抽时间带小Y到处走走看看，让他用自己的眼睛看看中国，看看爸爸妈妈长大的地方。北京的天安门，杭州的西湖，成都的杜甫草堂，都留下了小Y稚嫩的足迹。一路上，小Y的推车总是常常吸引别人的注意，除了轻巧灵活之外，雨布还能方便有效地挡风遮雨。他的便携式换尿布垫，也常常在没有母婴设施的公共场所派上大用场。不过，我们在欧洲积累的那些带宝宝出游的经验，并不都适合中国。比如坐地铁，非高峰时期的车厢里依旧站满乘客，有时候一连等上好几辆车，都没办法推着婴儿车挤进去，所以婴儿背带绝对是比推车更实用的出行装备。

我们选择年底大冬天的回中国，最主要的原因其实是想让小Y过一个地地道道热热闹闹的中国年。我想，再没有比春节更能让孩子体会到浓浓的中国味了。小Y第一次像模像样地穿上唐装，爬上麻将桌大闹天宫，吃年夜饭时学大人的样子干杯，还跟在表哥表姐后面给长辈们拜年讨压岁钱。在我心目中，这就是过年的感觉，是每个小孩子一年当中最开心的日子。

回到中国的小Y，在许多长辈眼里是一个多少有些不一样的孩子。几乎所有见到他的人都说：这孩子怎么穿这么少？虽然是冬天，但只要在室内，他几乎总是光着脚丫满地乱爬，即使是在户外，他也总是比别的孩子穿得单薄。在饭桌上，刚一岁的小Y总是很喜欢自己用手抓东西吃，饭菜凉了也还照吃不误，而且全都是大块大块地往嘴里塞，完全不吃泥状食物。每次我们和别人吃饭，一定有人对我说："你为什么不喂他啊，用手吃多不干净！""冷的东西就别给他吃了，会拉肚子的！""给他弄小块一点，噎着可怎么办，用勺子刮成泥再喂他吧！"不仅如此，我们还不允许他吃盐和糖，家里的长辈总是难以理解地

对我们说：怎么能不吃盐呢，吃盐才有力气啊！小孩子都喜欢吃糖，哪有不准吃糖的道理！其实，他穿得少，是因为孩子新陈代谢旺盛怕热多过怕冷；我们允许他用手抓东西吃，是为了增强他自己进食的兴趣；凉的饭菜也可以吃，是因为他从小就习惯吃室温的食物；吃东西不用打成泥，是给他机会锻炼咀嚼能力；而不吃盐和糖，是为了保护他的味蕾让他习惯食物自身的口味。面对这些善意的质疑，我总是尽量向别人解释原因，也坚定地贯彻着对小Y一贯的喂养方法。

不过，我们也发现，一些在英国不知道该怎么解决的问题，一回到中国就自然而然地迎刃而解了。小Y从大约十个月开始变得有些"认生"，英国的医生告诉我们这是孩子成长的必经阶段，还有一个非常学术的名字叫"分离焦虑"。我们在英国的生活环境比较安静，虽然我们也尽量带小Y去各种儿童活动中心，但毕竟次数有限。回到中国以后，小Y每天都会跟着我们接触到很多陌生的亲戚朋友，被各种不同的人逗来逗去。回国没多久，他就变得什么"焦虑"都没有了。

小Y出生在国外，今后可能还会经常在国外生活，我们不可能要求他成为一个土生土长的中国孩子。但是对中华文化的认同感，是我们希望能帮助他建立的。在海外华人圈，对华裔子女的教育问题是很多父母的困扰。许多人在节假日把孩子送去中文学校，但常常收效甚微，甚至引起孩子的逆反心理和抵触情绪。我们希望尽量经常带小Y回中国，熟悉中国的亲人，体验中国的生活，让他明白中国是他另一个家。我们相信，中西方不同的育儿方法以及教育理念，包括文化和传统的差异，其实都各有利弊。处在两种文化之间的我们，如果能平衡好两者的关系，在不同的教育理念中取其精华，就可以达到中西合璧博采众长的效果。

小Y的足迹地图:

第三章

去远方长大

不再是任人摆布的小行李，旅途中小Y有了自己
的喜好和意见。

1岁5个月，差点泡汤的巴塞罗那

　　从中国回来之后，小Y在自己人生的道路上迈出了好几大步。他学会了走路开始满屋子乱跑，能够手脚比画着有意识地和我们沟通了，还从一岁三个月开始正式成了幼儿园猴子班的小朋友，迈出了走向社会的关键一步。为了帮助他适应幼儿园的生活，我们直到他一岁五个月时，才又开始了新的旅程。这次旅行的目的地，是热情澎湃的西班牙巴塞罗那。

　　由于已经在带宝宝旅行方面有了一定的经验和自信，这次旅行我们选择了价格比较便宜，但出发机场离市区较远的廉价航空公司。为了配合小Y的作息时间，我和他的外公外婆带着他乘坐下午一点的航班提前出发，老公则下班后搭乘晚上最晚的航班来和我们会合。这样做的目的主要是希望利用小Y午睡的时间坐飞机，不影响他晚上的睡眠，同时又能最有效地利用我和老公的年假。等到下次旅行时，再换成老公白天带小Y先出发，我搭晚上的航班去和他们会合，实际上等于我们各自节省下了一天宝贵的假期。

　　伦敦一共有六个大大小小的机场，其中四个主要由廉航使用，距离市区都较远，需要从市区乘坐火车才能到达。早上九点半，上班的高峰时间一过，我们就带着小Y出发了。先乘地铁到火车站，再转乘前往伦敦Stansted（斯坦斯特德）机场的高速列车。小Y很喜欢坐火车，一路上欢天喜地。大约十一点，我们顺利到达了位于伦敦东北面的Stansted机场。

但是，刚一进大厅，我就觉得有些不对头，印象中我们应该是从机场的北航站楼登机，但我却完全找不到北航站楼的影子。我连忙又去机场电子屏幕上查询离港信息，也没有一点钟出发去巴塞罗那的航班。我感觉情况不妙，翻出机票一看，几乎不敢相信自己的眼睛：出发机场居然是伦敦南面的Gatwick（盖特威克）机场。我和老公外出旅行这些年，这两个机场都使用过很多次，我居然会犯如此低级的错误，而且还是在一个人扶老携幼的情况下。人们常说一孕傻三年，难道是真的？

怎么办？我一边尽量让自己冷静下来不要乱了阵脚，一边让爸妈照看好小Y，自己直奔出租车柜台。一打听，从Stansted去Gatwick机场至少需要九十分钟，也就是说即使一切顺利，我们也只能在航班起飞前半小时到达机场，绝对是来不及的。我又拿出手机上网查询，却发现Stansted机场当天已经没有去巴塞罗那的航班了，就连晚上

老公从Gatwick出发的那个航班，机票也全部售罄。谁让我们正好赶上英国的法定假日出游，机票销售一空也算正常。

这时，站在不远处的爸妈一边迷惑地不时朝我这边看，一边努力地安抚着因为我突然跑开而不大高兴的小Y。怎么办？怎么办？难道计划了这么久的巴塞罗那之行就这么泡汤了吗？我在心里反复对自己说，不行，要冷静，一定要想办法。我又在网上继续查询，终于发现当天唯一还有座位的一趟航班两点钟从伦敦北面的Luton（卢顿）机场出发，而从Stansted到Luton机场的时间是一小时。

我一边带着老老少少跳上出租车，一边往航空公司打电话购买机票。刚下火车的小Y对于突然又被放上汽车安全座椅非常不乐意，坐在车上又哭又叫一个劲地挣扎。我完全顾不上理他，尽量排除他的干扰在电话里完成了重新购票的程序。买完票之后，不习惯坐车的妈妈开始有些晕车，小Y还依然在安全椅上哭闹，零食玩具各种安抚都毫无用处。直到最后他终于在汽车的摇晃下自己哭得睡着了。我们幸运地一路畅通，大约十二点半，就达了Luton机场，时间还算充裕，我这才长长地舒了一口气。

　　按照我原来的计划，小Y会在一点多飞机起飞后睡一个午觉，这样我就可以非常轻松。结果因为在出租车上睡着了，登机之前又

醒了过来，他在飞机上没有再睡觉，我的如意算盘彻底落空。那个年纪的小Y对新事物非常抗拒，比如每次买了新衣服新鞋一定会哭得惊天动地不肯穿。这次在飞机上，他抗拒上了前几次坐飞机已经系过的安全带，一系上就拼命挣扎尖叫，我拿他也毫无办法。等到飞机起飞之后，他又不安分地总是想拉着我在机舱里走来走去，我只能依靠各种玩具勉强帮他打发时间。从伦敦到巴塞罗那，成了我带小Y旅行的经历中最辛苦的一次飞行。

从那以后，每次旅行之前，老公和我都会对机票、护照、行装准备等各种细节反复确认，每次离开酒店时，也必定分头对酒店房间做最后的检查。后来，我们又把检查房间的任务委托给了小Y，以此增加他在旅行中的参与感。而小Y至今依然对这项工作尽职尽责，乐此不疲。

1岁5个月，不再是任人摆布的小行李

　　孩子长大的速度真是惊人，短短三个月没带小Y出门，他一岁前我们积累的那点带孩子出游的经验，就已经大半派不上用场了。一岁五个月的他不仅会走路了，而且事事有了自己的主见，原来那个坐在推车上任由我们摆布的小行李已经一去不复返。

　　刚到巴塞罗那时，我们带着小Y坐机场大巴去酒店。车上空间有限，他的推车必须收起来，于是我抱起他想让他坐在我的腿上。没想到他居然非常不乐意，坚决要求也和大人一样自己坐一个座位。因为不是什么原则性的问题，我同意了他的要求，小家伙在自己的座位上洋洋得意地摇头晃脑了一路。而这不过是一个小小的序曲，此后在巴塞罗那的几天里，小Y几乎每时每刻都在提醒着我们，他长大了，带他一起旅行，不再仅仅是照顾好他的吃喝拉撒那么简单，我们需要考虑他的兴趣，尊重他的喜好，有时候甚至还要绞尽脑汁和他斗智斗勇。

　　小Y一岁以前我们带他旅行，安排行程时除了要照顾他吃饭睡觉的时间以外，并不需要太多额外的考虑。反正不管我们去哪儿，他都坐在推车里好奇地东张西望。但我们在巴塞罗那第一天，原定的行程就被迫大幅修改。

一大早，我们带着小Y去逛酒店旁边的兰布拉大道，那是巴塞罗那一条著名的步行街。我们原本打算随便看看就走，结果小Y却把那当成了他的儿童乐园。花店里缤纷的鲜花，橱窗里不起眼的小玩意儿，宠物店笼子里的小白兔，还有马路上的真人"活雕塑"，每一样都能让他歪着头看上好半天。他坚持要自己走路，不肯坐推车，结果一条一公里多的路，我们居然逛了整整一个上午。兰布拉大道紧邻的加泰罗尼亚广场上，成百上千的鸽子是一道独特的风景。这个我们本来只是计划去拍几张照的地方，小Y却不知疲倦地玩了两个小时。那个阶段的他正好对小动物产生了浓厚的兴趣，一会儿喂鸽子，一会儿追着鸽子疯跑，说什么也不肯走。我们只好留一个大人在广场陪他玩，其他人轮流去逛附近的老城区。此后的几天里，这个广场更成了我们帮小Y打发时间的最佳去处。无论是他早上起得太早，或者吃晚饭的时间还没到，我们都会带他去广场上玩一玩。我和老公悄悄庆幸，幸好酒店的位置选得不错！

对于巴塞罗那举世闻名的景点，小Y无不表现出了他自己"独特"的喜好。圣家堂是建筑天才高迪最杰出的作品，教堂的外墙上不计其数的精巧雕塑，美轮美奂栩栩如生。可是小Y对这个土黄色的庞然大物完全没兴趣，我们在教堂门口兴奋不已，忙着找角度拍照时，他却东张西望正眼也不看一下，反而被门口草坪上一个拉小提琴的街头艺人深深吸引。走进教堂之后，他突然又像换了一个人一样，对教堂里一根根高耸的石柱非常好奇。这些石柱每一根都像

一棵参天耸立的大树，阳光从教堂顶端大大小小的天窗照进来，如同在树上挂满了璀璨的星星。小Y一改在教堂外心不在焉的样子，拼命地抬头看，最后索性直接躺在教堂的地板上，旁若无人地欣赏起来。小Y拉着我的手，在教堂里转来转去，总是对一些我完全没注意到的东西感兴趣。比如墙角一个不起眼的小烛台，或者墙壁上的一个小雕花。最让他好奇的，竟然是透过玻璃窗射进教堂里的阳光。高墙上的玻璃窗五颜六色，阳光透过玻璃射进来，变成了一道道色彩缤纷的光线。小Y就绕着这些光线走来走去，甚至还伸手去抓它们。教堂旁边的小博物馆里，陈列着很多设计圣家堂过程中使用过的模型和图纸，由于时间关系我们原本根本没有打算参观，小

117

Y却趴在玻璃橱窗上看得津津有味，怎么也不肯走。

　　我们渐渐意识到，有必要在旅途中开始适当地照顾小Y的喜好和兴趣，把他当成我们这个小旅行团中平等的一员了。孩子的心里，没有时间，没有行程，也没有什么不容错过的著名景点。而正因为如此，他们或许更容易注意到那些可能被我们成人轻易忽视掉的东西。放弃一些大人感兴趣的东西，分一些时间给孩子们，才能让旅行成为真正属于他们的旅行。

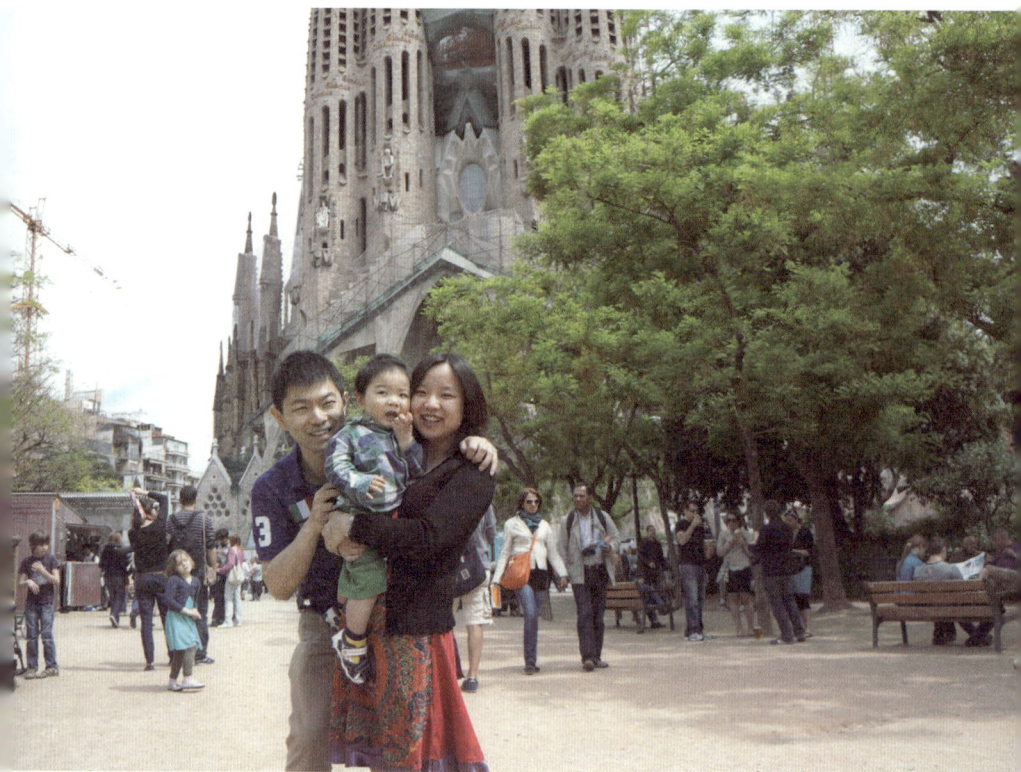

1岁5个月，巴塞罗那之吃戒大开

　　旅行和美食，两个难以分割的主题，作为超级吃货的小Y还一直没什么体会。他六个月前一直只喝母乳，半岁以后的几次旅行都主要依靠现成的婴儿便餐搭配面包水果和奶。我们从他一岁五个月开始取消了他在家顿顿吃小灶的特殊待遇。这次巴塞罗那之行，是他第一次在旅行中全程跟着我们大吃大喝，可以说是吃戒大开。

　　Tapas是西班牙一种特色小吃，风格有点类似港式茶点，五花八门一盘一盘地让人眼花缭乱。Tapas的品种据说多达四五十种，既可以是开胃小菜，又可以当成正餐。我们在巴塞罗那的老城区试吃大名鼎鼎的Tapas时，餐厅的服务生是个美女阿姨。爸爸点菜的时候，小Y一直目不转睛地盯着人家看，一副口水都要流出来的样子。我们的菜有海鲜鱿鱼卷、西班牙火腿香肠，烤面包以及各种叫不出名字的软奶酪，哗啦啦的一大桌。一开始我们只给小Y吃面包和奶酪，怕其他的东西太咸。不过小Y已经不是那个随便就可以被我们糊弄过去的小不点了，一眼就看上了我们没给他吃的鱿鱼卷。尝了一块之后，更是一发不可收拾，兴奋得手舞足蹈。结果那顿饭，没有任何一个盘子里的东西，逃过了小Y的"魔嘴"。

兰布拉大道旁的Boqueria市场（波盖利亚市场），是巴塞罗那著名的露天市场，号称是欧洲货物最丰富的农贸市场之一，里面各式各样的摊贩和大排档数不胜数。其中有一家海鲜大排档格外火爆，铺位前永远都排着长队，人流不断。我们特地在上午11点非饭点的时候去，才找到了位置。小Y人太小，大排档也没什么婴儿椅，我们索性让他直接坐在了吧台上。这下他可以清楚地看到厨师叔叔怎么把奇形怪状的龙虾、淡菜一类稀奇玩意儿，变成一盘盘香喷喷的美味。小Y从来没这么过瘾地吃过东西，菜刚一端上来，就迫不及待地抓起海鲜往嘴里塞，他狼吞虎咽弄得满嘴满手都是油，脸上高兴得乐开了花。

露天市场的水果摊，出售各式各样的鲜榨果汁，五颜六色地摆在一起非常好看。小Y在家时基本上都是喝白水，即使偶尔给他喝果汁，也会被稀释得淡淡的，免得他太喜欢甜食。但是既然出门在外，这些限制也就暂时放弃了。那时候小Y还不会用吸管喝水，我们在家里教过好几次他也都没有学会。在巴塞罗那喝果汁时，小Y尝试着把吸管放到嘴巴里试了几下。突然，他的脸上露出了极为灿烂的笑容，哈哈，终于喝到甜甜的果汁了！在家里一直没学会的东西，居然突然就开窍了！

在巴塞罗那，小Y不仅和我们分享美食带来的快乐，也同样和我们一起发扬勤俭节约的美德。我们住的酒店早餐价格不菲，老公每天早晨都去附近的咖啡店买新鲜的烤面包给大家吃。虽然这和小Y在家时丰盛的营养早餐不能相提并论，但就着牛奶啃面包的他吃得也很欢乐。星期天巴塞罗那许多餐厅都不开门，我们游览的途中有一次一时找不到合适的地方吃饭，小Y就和我们一起坐在马路边吃老公从外卖店买来的海鲜盒饭。

在吃饭这个问题上，小Y基本是个没让我们操过什么心的孩子。小的时候喝奶，从新鲜母乳到冻奶再到各种牌子的奶粉液体奶，来者不拒。添加辅食之后，他似乎也给什么吃什么啥都吃得很香。他的食谱总是比我们大人的还丰盛，而且为了保护他的味蕾，几乎很少在食物中加调料。

这次在巴塞罗那，许多他平时在饮食上的禁忌都被打破了。我们觉得，出门旅行，孩子的饮食总不可能和在家里完全一致。只要在大体上保持均衡的饮食结构，保证他每天食用足够的主食、肉类、新鲜蔬果及奶制品，偶尔几天入乡随俗地尝试一些当地的美食，打破一下平时的惯例，也未尝不可。小Y跟我们在外旅行时，

吃饭总是比家里吃得又多又快，除了运动量大之外，新鲜的食物和就餐环境也是一个重要因素。而且，父母和孩子共同进餐，更容易让他们对食物产生兴趣。平时因为工作经常早出晚归的我们，并不一定每天都能和小Y共进晚餐。利用好度假旅行的机会，和他一起体会美食的乐趣，也是把吃饭变成一件快乐事情的好方法！

1岁半，邮轮上的厕所训练

小Y一岁半时，我们去了波罗的海坐邮轮，这不仅是小Y的邮轮处女游，也是我和老公第一次坐邮轮。出发前考虑到我们要在船上生活一个星期，得带一大堆尿布，我动起了给小Y进行厕所训练的念头。小Y一岁半以前我们一直给他使用纸尿布，因为医生说，孩子在这个年纪以前膀胱没有自控能力。我们从他一岁三个月开始给他做了一些厕所训练的前期准备，感觉他基本上准备好了。加上我们邮轮的行程，有好几天是不上岸完全待在船上，正好让我有足够的时间来亲自训练他。

去坐邮轮之前，我们一口气给小Y买了10条新内裤，外加一个便携式的儿童马桶垫。抱着一不做二不休的决心，我们只带了少量的尿不湿上船，准备给他睡觉时用，首先断了打退堂鼓的后路。

上船以后的第一天，我们开始每间隔15分钟让小Y在马桶上坐5到10分钟，然后逐渐延长到半小时。我不敢让小Y在船上有地毯的地方玩，就带着他在甲板上晃悠。吃饭的时间，我则用一块隔尿垫把他的座位垫起来。小Y似乎还不太明白我们这是在干什么，一天下来10条内裤尿湿了大半。

　　到了第二天，小Y开始有了些感觉，能有一半的时间尿到厕所里了。从第三天开始，他就已经基本明白了坐马桶和尿尿拉便便的关系，尿到裤子上的情况已经很少发生了。我们把带他去厕所的时间逐渐延长到45分钟至一小时一次，每次小Y办完"上厕所"这件大事，都会兴奋地坐在马桶上手舞足蹈。

　　去厕所的次数太多以后，小Y变得有些不耐烦，让他每次在马桶上坐上至少5分钟，成了我的挑战。我尽量用厕所里的东西分散他的注意力，厕纸，不锈钢垃圾桶的反光，墙壁上的花纹，都被我利用了起来。在一些残障人士或者婴儿专用厕所里，电话、换尿布的台子成了更好的道具。很快，船上11层楼的每个厕所成了我最熟悉的地方，对在哪个厕所哪个位置里，打发时间的工具最多了如指掌。甚至在厕所里，我还很尴尬地蹲在马桶边唱歌给他听，两三首歌唱下来，时间也就差不多了。

　　渐渐地，小Y开始知道告诉我们他想去厕所了，新的问题又来了。每天吃饭时，小Y会一连好几次要求去厕所。有些时候他是真的需要去，也有很多时候是把去厕所当成了一个有趣的游戏，谎报军情。在船上，大家吃饭的时间都是基本一致的，每顿饭，小Y都会一次又一次在众目睽睽之下，一手自己提着装马桶座的袋子，一手拉着我，穿过餐厅大堂去厕所。时间一长，船上的很多乘客都注意到了这个在努力学习上厕所的小朋友。有人在厕所里给他鼓掌加油，有人向我送上理解和鼓励的微笑，还常常有人特地跟我和小Y打招呼，热心地询问他练习得怎么样了。

　　船上每天晚上的晚餐都有不同的主题，其中有两天是正装之夜，每个人都要西装晚礼服那样打扮起来。

　　我特地给小Y准备了衬衫领带西装小背心，穿起来一本正经像模像样。看到小Y的人都大呼他好可爱，整个晚餐时间，不断地有人来要求给他拍照或者合影。有位来自美国的老奶奶，热情地和我分享起了她给孩子进行厕所训练中的种种经验。最后，她幽默地对我说，厕所训练，你以为你在训练孩子，其实是孩子在训练你。对于这句话，我实在太有同感了。船上短短一周的时间，小Y迈出了他人生中具有重要意义的一步，成了一个不再需要尿布的"大孩子"。

　　不过，整个训练的过程，真正考验的其实是大人的信心和决心。我们恰好选择了邮轮这个特殊的环境，没有退堂鼓可打，也刚

好有充裕的时间。更重要的是，平时每天要上班的我，可以有机会亲自对他进行训练，陪他完成这个重要的人生转变。

假期结束回家的那天，因为要赶时间搭飞机，我们给小Y穿上了尿布。等到我们一路奔波，办完手续到了候机厅时，已经过了一个多小时。我估计小Y早已尿在了尿布里，带他去婴儿室换尿布时，小Y一看里面没有马桶，只有换尿布台，居然拼命地冲我摇头。我只好又带他去了普通的厕所，刚把他放到马桶上，就听见哗啦啦的好大一泡尿。这时我才发现，他的尿布居然完全是干的，小家伙原来一直憋着等着上厕所呢。那一刻，我突然觉得非常感动，一种作为妈妈的自豪和欣慰油然而生，眼前的小Y好像突然之间长大了。

1岁半，由推车引发的战争

丹麦，一个和童话有着千丝万缕联系的国家，似乎原本就应该是孩子们的天堂。安徒生笔下的美人鱼陪伴着一代又一代的小孩长大，被丹麦人奉为国宝。我们的邮轮停靠的第三站是美人鱼的故乡哥本哈根，可是我们的时间却只有短短的五个小时。没想到，这五小时里，却在我和小Y之间爆发了一场小小的战争。

我们去巴塞罗那时，小Y就开始出现了不愿意坐推车，想要自己下来走的情况。遇到时间来不及的时候，我们只好想各种方法哄他在车上多坐一会儿，实在不行的时候就只好抱着他走。到了我们去波罗的海时，这种情况变得更加严重。他不仅动不动就不肯坐推车，而且还只愿意让我一个人抱他。

我们刚刚在哥本哈根港口下船时，小Y还算乐意老实地坐在推车里东张西望。我们一路走到丹麦王宫后，就把他从车上抱下来和广场上值班的士兵合影。这一下小Y就如同被放出笼子的小鸟，再也不肯坐回到推车上。因为赶时间，我只好让小Y自己走一段，再抱着他走一段。那时候小Y早已超过了十公斤，我抱着他走感到非常吃力。

更糟糕的是，我们还在市中心走错了方向迷了路。等我们意识到走错路时，在哥本哈根游览的时间已经过去了一半。如果再跟小Y磨蹭下去，恐怕就哪也去不了了。我不可能一直抱着小Y走，所以他必须得坐车。我蹲下来，尽量口气温和地告诉小Y，妈妈希望他坐推车走。可是小Y却一个劲地跟我摇头，无论如何不肯上车！赶时间的压力和这段时间没完没了关于坐推车的纠结交织在一起，我只觉得心里的火气嗖地蹿了上来，第一次对小Y发了脾气。我强行把他按到车上坐好，系上安全带，推上他往前走，任凭他在推车上挣扎尖叫，周围的行人都纷纷回头看我们。一口气走了两个路口，我才稍微平静了一点。这时，我停下来安抚小Y，还拿出一盒零食给他吃，他才算安静了下来，虽然还在一脸委屈地抽泣。

小Y坐上推车后，我们的效率立刻提高了很多，很快就找到了市中心的步行街。但这时候老天却又下起了大雨，我们只好躲进一间咖啡店。看着窗外的街景，一个个小孩子安静地坐在推车里，从我们面前走过，我突然觉得格外沮丧。如果不能解决好小Y不坐推车这个问题，我们带他一起旅行的梦想，恐怕就要到此为止了。老公也对我说，这件事情光靠哄好像不行，得适当地让他哭一哭。

雨停了，我们开始推着小Y往回走，才走到半路，小Y又开始不肯坐推车了。恰巧天又下起了瓢泼大雨，当时我已经别无选择了，小Y必须继续坐在车上。我们既没时间躲雨，也不能把他从推车上抱出来，因为只有让他待在推车里，才能保证他不被雨淋湿。于是我想，既然如此，就干脆借此机会修理修理他这个毛病吧。我没有理会小Y的哭闹，帮他遮好雨布，推着他继续走，任凭他在车上尖叫哭闹了十几分钟。一直走到港口附近的"美人鱼"小铜像前，我才停下来把小Y从车上抱了出来。脸上还挂着泪水的他，抽噎着和美人鱼合了影。我一边帮小Y擦干净脸上的泪水，一边轻声跟他解释，天在下雨，如果不坐推车，他就会被淋湿生病。我还故意把他抱到雨里，想让他体验雨淋在头上那种不舒服的感觉。让我哭笑不得的是，小Y居然觉得淋雨很好玩，一下子破涕为笑了！不过，大哭了一场以后的小Y，总算是多少明白了一点不肯坐推车的严重后果，在后面的旅途中配合多了。

那次旅行结束之后，我们开始反复跟小Y灌输赶时间、下雨和坐地铁时必须坐推车的原则，他也渐渐理解了：坐推车并不等于失

去自由，一旦到了目的地，爸爸妈妈一定会让他下车来玩个痛快。一岁半的他其实已经可以听得懂一些简单的道理了，等到两个月之后我们再带他去旅行时， 他又开始喜欢上坐车了。小孩子在学会走路之后，可能都会有一段时间抗拒坐推车。在这个阶段带孩子旅行，行程安排尤其要宽松。遇到他们不肯坐车时，能哄尽量哄，实在哄不住，也可以适当地让他们哭一哭。这样做不是为了惩罚他们，只是让他们知道，对于他们的不合理要求，爸爸妈妈是不会没有原则地一概满足的。

1岁半，陌生人有魔力

小Y一岁以后，渐渐开始有了自己的主见，不再是原来那个任由我们摆布的小宝宝。小孩子的这种情况一般会在两岁左右达到巅峰，有人称这为人生的第一个叛逆期，还有个颇为贴切的名字叫"Terrible Two（恐怖的两岁）"。与此同时，我们和小Y的沟通方式也逐渐从小时候条件反射似的培养习惯，变成了"斗智斗勇"的思想层面的交流。

我们去波罗的海旅行时，我第一次惊讶地发现，小Y其实已经比我想象中要懂事多了。当他面对陌生人时，表现会和跟家人在一起时大为不同。

我们在邮轮上的餐厅用餐，每天是有固定座位的，给我们服务的也总是同一个人。小Y上船的第一天，和在家里吃饭时一样，不愿意围餐巾。那时候他很热衷于自己吃饭，不喜欢我们喂，结果一顿饭才吃了一半，他面前的餐桌和他自己的衣服上已经是一片狼藉了。为我们服务的服务生Anthony耐心地帮他把面前的餐桌打扫干净，然后故作生气地指指小Y的衣服，又冲他摇摇头，摆摆手。第

二天吃饭前，Anthony拿起餐巾，尝试着围在小Y的脖子上。小Y居然没有像平时一样反抗，虽然委屈得眼泪都快掉下来了，却始终没

有把餐巾拽下来。

在船上的一周时间，小Y的就餐礼仪大有长进。不仅吃饭的时候主动围餐巾，而且不吵不闹吃得斯斯文文。他总是不时地偷瞟旁边站着的Anthony叔叔，只要发现叔叔看着他，就立刻规规矩矩地认真吃饭。在船上养成的好习惯回家以后依然得到了保持，外公常常开玩笑地说，坐了一次邮轮，学会了就餐礼仪，这船票钱花得值了。

结束了邮轮旅行之后，我们又在挪威奥斯陆游玩了两天。因为不肯坐推车而在哥本哈根被我修理了一下的小Y，情况稍微有了一些好转。但是他还是会时不时地抗拒坐推车。尤其是每次玩得开心时，劝他重新上车都相当费劲。有一次我们正在哄小Y坐上车的时候，来了两个骑着高头大马的挪威警察。他们从我们身边路过时，其中一位警察故作严肃地冲小Y点了点头，又用手指了一下旁边的推车。我们借机告诉小Y警察叔叔要求他坐到推车上，果然他就老老实实地爬上了自己的车。我们当然少不了又是一通夸张的表扬，回家后还依然经常利用警察叔叔这个幌子来说服小Y坐推车。一段时间的坚持之后，小Y在我们需要他坐推车时变得合作多了。

还有我们带小Y去巴塞罗那时，小Y因为抗拒系安全带，而在飞机上大哭大闹。后来再坐飞机时，我只好尽量让他在飞机起飞降落时睡着，或者等到飞机开始滑行的那一刹那才给他系上。

不过，我们坐完邮轮从挪威奥斯陆飞回伦敦时，一个漂亮的空姐走到小Y面前，温柔地告诉他飞机快起飞了，每个人都需要系上安全带。空姐阿姨随后蹲下身来，亲手帮小Y系上了安全带。整个

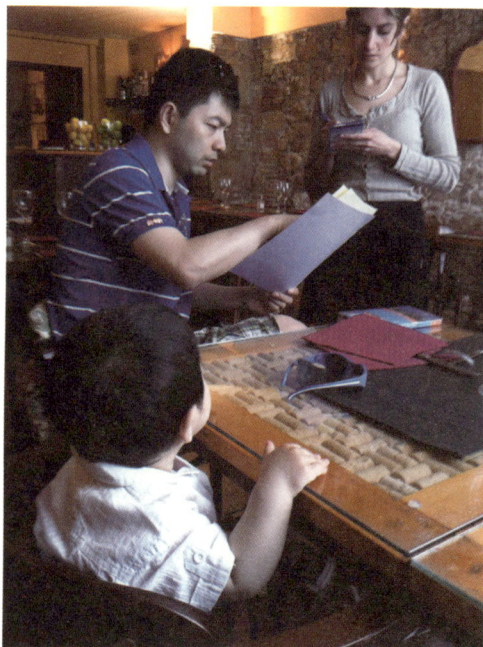

过程小Y居然破天荒地一声不响，没有丝毫的抗拒。我们连忙不失时机地对他大加表扬，空姐阿姨也微笑着冲他竖起了大拇指，还送了他一个小礼物。从那以后坐飞机，小Y再也没有因为不肯系安全带而哭闹过，每次一上飞机他就很主动地自己系上安全带，还不忘检查我们有没有系好。

比起家里熟悉的亲人来，陌生人的夸奖、批评或者要求，对小Y似乎更有神奇的魔力，他总是会更乐于接受和遵守。其实孩子们都很聪明，一岁多就已经知道家里的大人谁是好欺负的"软柿子"，谁又会对他的吵闹耍赖无动于衷。在旅途中，他们更会对还捉摸不透的陌生人多一些敬畏。作为父母，我们如果能利用好陌生人的这种魔力，就可以巧妙地纠正孩子在平时生活中的一些小问题。回家之后，再通过鼓励表扬加以巩固，许多好习惯也许就这么轻易地养成了！

1岁8个月，在法国语言大爆发

　　2012年夏天的伦敦，热闹非凡，小Y和我们一起见证了五星红旗一次次在伦敦奥运会的赛场上升起。奥运结束之后，我们的旅行又开始了，目的地是法国著名的白葡萄酒产区阿尔萨斯。小学语文课文《最后一课》中的故事，就曾经发生在这片土地上。

　　小Y是一个从小生活在双语环境中的小孩，他语言能力的发展明显比单一语境下的小孩滞后。到了一岁半，他还不会有意识地说任何话。对于这件事情，我们一直很有耐心，相信每个孩子都有自己的节奏，他准备好了，就自然会开口说。果然，小Y刚满一岁八个月时，终于开始开口说话了，会说的第一个词是"爸爸"。在我们出发去阿尔萨斯之前，他大概学会了十个中英文混合的词语了，其中最喜欢说的是NO，一口地道伦敦腔！但是，他依然不会叫妈妈！

　　旅行第一天，我给小Y洗澡擦乳液。我一边擦一边对他念叨"爸爸""妈妈"，但他每次都只跟我重复"爸爸"。突然，我好像听见小Y说了一声"妈妈"，我愣了一下，以为自己听错了。我

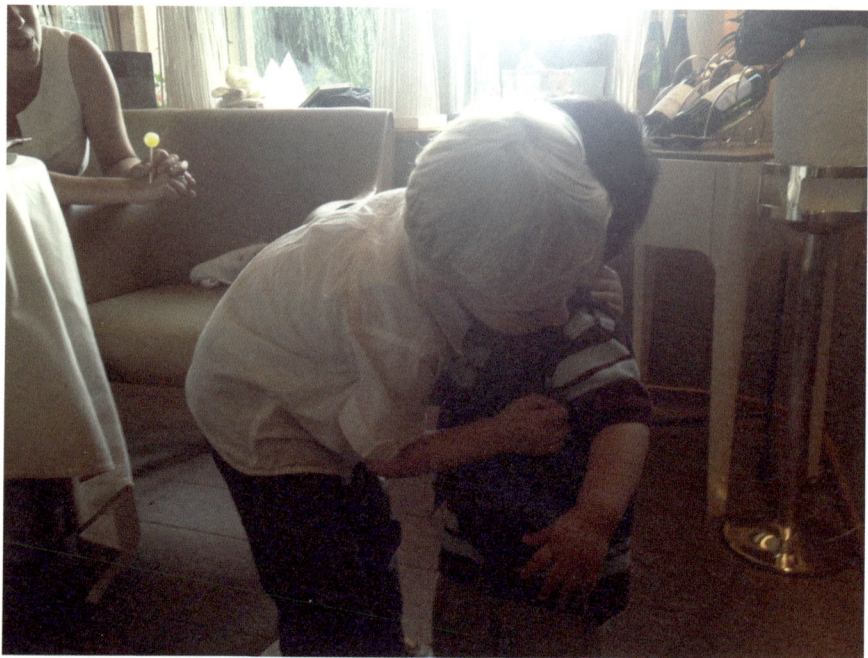

又说了一遍"妈妈"，他立刻非常平静地重复了一声"妈妈"。我高兴得一下子把小Y举了起来，终于第一次有人叫我妈妈了！小Y也显得很高兴，又自言自语地练习了好几遍。

第二天早上，刚一睁开眼睛，小Y就自己躺在床上开始了发音练习："爸爸""妈妈""鸭鸭"……我和老公都大吃一惊。在这之前他一直都是在我们的引导下重复一些我们说的词语，从来没有自己主动练习过。我尝试着教他说"奶奶"，他立刻跟着我重复"奶奶"，然后很得意地开始说"爸爸""妈妈""奶奶""鸭鸭"。

这次旅行，小Y的爷爷奶奶和我们同行，吃早饭时，我对小Y

说"奶奶"。小Y立刻转头对奶奶说"奶奶"。我又尝试着教他说"爷爷"，他也马上跟我重复"爷爷"，然后又开始自己练习起了"爸爸""妈妈""奶奶""鸭鸭"！小Y表现得很轻松，仿佛他一直都会说这些词一般。爷爷奶奶大吃一惊，怎么一个晚上不见，突然就会了这么多词！

我们去了阿尔萨斯唯一的一家米其林三星餐厅吃饭。餐厅虽然大名鼎鼎，但陈设却充满了乡村风格，进门处有几只鸭子的雕塑，旁边还有一只大公鸡的模型。刚走进餐厅，小Y突然指着鸭子对我说：鸭鸭！我说：是呀，旁边那个是鸡。从来没有发过"鸡"这个音的小Y，立刻重复道"鸡"！后来，我带他去厕所，像平时一样对他说：妈妈给你擦屁屁。小Y突然重复道："屁屁。"这让我又吃了一惊，因为我说那句话的时候并没有刻意在教他。

到了傍晚，我们带着小Y在小镇的街上闲逛，我拉着他的手边

走边数"一二一"，突然小Y也开始跟着我数"一二一"了。我们在路上时常看到有猫跑过，因为平时很少碰到，每次我都会指给小Y看。没想到几次以后，小Y就学会了"猫"这个词。小Y的表现让我们有些吃惊，昨天他会说的词还两只手都数得过来，怎么一天之间就几乎多了一倍！更重要的是，他开始自己主动地从我们的谈话中学习新的词语，主动练习，不再需要我们刻意地去引导他。老公开玩笑地对小Y说：你是不是昨天晚上做了什么梦，哪里突然开窍啦？

第二天，小Y继续给我们惊喜，吃早饭时，他突然对我说"鸡"，然后指指桌上的鸡蛋。原来他是想吃鸡蛋，虽然还不会说蛋，但已经会用昨天刚学会的"鸡"来表达自己的意思了。又过了一会儿，他突然对我说"屁屁"，原来是想要去上厕所了，在那之前他一直都是用手势来表达这个意思。看来，他已经不仅仅主动学习各种词语的发音，而且开始积极地用这些有限的词语，来表达自己的意思了。

此后的几天里，小Y每天都会学会很多新的词语，而且运用得越来越灵活。我对老公说：你儿子好像语言大爆发了。从那以后我渐渐发现，每次我们带小Y去旅行，他的语言能力似乎都会明显提高。我相信这并不只是一种巧合。一方面旅行时新的环境和新的见闻，自然而然地会激发起孩子表达的欲望。另一方面，在假期中，我们的生活节奏放慢了，有了更多的时间和孩子朝夕相处。和他在语言上的交流比平时多，谈到的话题用到的词语也会更丰富，这些也一定会对孩子语言和表达能力的发展产生积极的影响。

1岁8个月，从大哭包到游泳小超人

从小Y九个月起，我们每周带他去上一次游泳课。游泳池的水温是特别为小宝宝们设置的35度，孩子们不戴救生圈，由一起下水的家长抱在手里做各种动作。老师时常要求家长在水中短暂放手，沉到水里的小宝宝们通常会自动屏住呼吸，睁大眼睛。

小Y在游泳课上的表现时好时坏，特别是中间因为回中国暂停了一学期以后，一度成为班上最爱哭的小孩。直到有一次外婆偶然用他最喜欢的小鸭子打比方，告诉他游泳就和小鸭子一样扑通一下钻到水里去，小Y上课的情况才有所好转。但是他依然谈不上喜欢游泳，每次下水都很紧张。

我们去阿尔萨斯时，住的酒店里有一个漂亮的游泳池。我怕酒店泳池水温比小Y平时上课时的低，还特地给他买了一件小超人图案的儿童潜水衣。到酒店的第一天，天气很热，我特地带着小Y去游泳池玩。

我们到游泳池时，里面已经有四五个六七岁的小孩在游泳嬉戏。我把小Y抱到水中，不知道是因为冷还是紧张，我感觉小Y居然

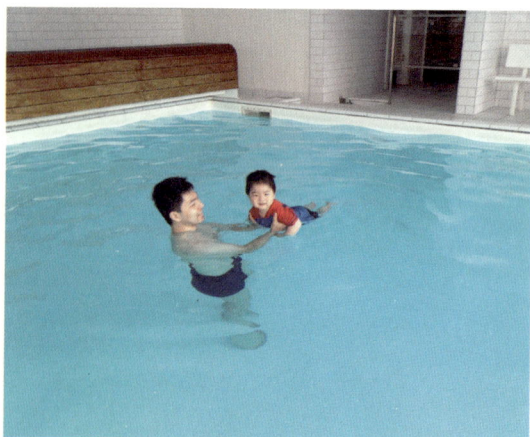

有一点发抖。这时候一个法国小男孩游到我们跟前，用法语叽里呱啦说了一大堆。我一句也没听明白，只能微笑着冲他摇头。小男孩也无所谓我有没有听明白，一个劲地冲小Y打招呼，想方设法地逗起他来。小男孩一会儿从水池边砰地跳到水里，一会儿又潜到池底突然从小Y面前嗖地钻出水面。小Y显然没有弄明白这是什么状况，呆呆地看着眼前这个小哥哥用尽浑身解数的卖力表演。

小男孩一看小Y没反应，又开始叽里呱啦跟我大讲一通，无奈我还是半个字也没有听懂。他爬上岸，不知道从哪里弄来一根又细又长的塑料管子。他把管子的一头递给我，示意我把管子对准游泳池的换水出口。他把管子的另一头口朝上举起，一股强劲的水流通过管子涌了出来。小男孩拿着管子逗小Y玩，用水一会儿冲冲他的胸口，一会儿淋淋他的头发。奇怪的是小Y不仅没有害怕，反而变得兴奋起来，甚至伸手拿过水管自己玩了起来。

小男孩一看小Y感兴趣了，更加高兴，拉着我们到了泳池边的泡泡池。他打开开关，池子里立刻产生出厚厚的泡沫。小男孩先把泡沫往自己头上身上抹，装成怪样子逗小Y。后来就直接把泡沫往小Y头上和身上抹起来。小Y一点也没有排斥，居然兴高采烈地跟着他越玩越亢奋。就这样，法国小哥哥不断使出各种花样逗小Y，而小Y也跟着这个陌生的小哥哥玩得越来越投入。两个人一块疯了一个多小时，小Y居然还不肯走。小Y平时一节游泳课也才半小时，在水里玩这么长时间，玩得这么开心，还是头一回。更让我意外的是，那天晚上洗澡时，一直有些害怕淋浴的小Y，居然变得一点也不害怕了，甚至自己把水往头上淋。

第二天早上，小Y刚一睁开眼睛，就对我表示想去游泳，这是他有史以来第一次主动要求去游泳，连老公都感到很诧异。于是我们带着小Y，一大早又去了游泳池。这一次游泳池里一个人也没有，小Y跟着爸爸在水里又玩了一个多小时，不仅复习了很多游泳班学过的动作，还在泡泡池里，像前一天那样把泡泡往我们身上头上抹，自己兴奋得哈哈大笑。

这次旅行结束之后，小Y对游泳课的态度发生了巨大的转变，不仅每次上课都很开心地去，平时在家还会自己把游泳衣翻出来要求去游泳。他第一次在游泳课上笑了，而且是一边做动作一边哈哈哈地笑出了声。几个星期之后的一次游泳课，班上的小孩子由于各种原因都有些哭闹，小Y成了唯一一个开心的小孩。老师要教一个新动作时，试探地问我，能不能用小Y作示范。我有点担心地把小Y递给老师，结果他不仅没有哭，还非常出色地完成了示范动作。那一刻，我惊讶得有点不敢相信自己的眼睛。上游泳课这么久，每次他能够不哭不闹地上完课，我就已经觉得是巨大的成功了，作示范这种事情从来没有落在小Y身上过。

没有想到，仅仅因为在旅行中偶然遇到的一个陌生小男孩，小

Y对于游泳的态度竟然发生了180度的大转变。作为妈妈最开心的事情，原来不仅仅是看到孩子有多少与生俱来的天赋，更是看到他在一点一滴的变化中慢慢成长。

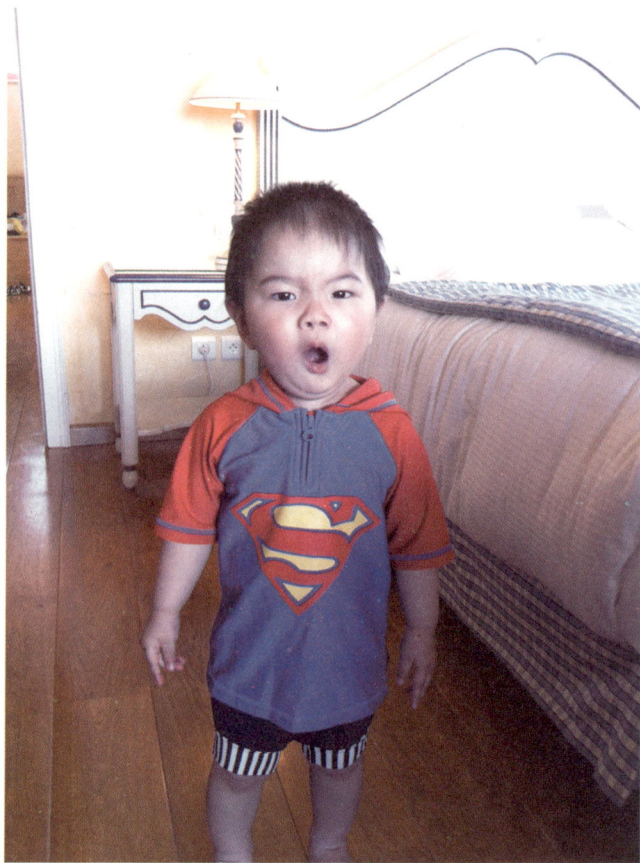

1岁8个月，胆量是练出来的

　　我曾经读过一个搞神经学研究的朋友写的读书笔记，大意是每个孩子的个性在很大程度是天生的，大体上可以分为四类：有的乖巧可爱，有的情绪起伏不定，有的比较害羞，有的则活泼好动一刻不停。四种个性还有各自的名字，分别称为Sunflower（向日葵）、Holly（冬青）、Orchid（兰花）、Dandelion（蒲公英）。每一种个性其实无所谓好坏，但家长因材施教都极为重要。

　　小Y的个性比较倾向于向日葵和兰花，他通常情绪稳定不会乱发脾气，也不是那种精力格外旺盛从早到晚一刻也不停的宝宝。我们的很多朋友见过小Y后，都不约而同地用contented（满足）这个词来形容他，幼儿园老师给他的评语也是quiet but always happy（安静但总是很快乐）。小Y的这种个性，在他身上体现出了不少优点，比如：他比较愿意遵守我们给他定的规矩，给他讲道理他也比较容易接受，能和小朋友友好相处，极少出现攻击性行为。他有时候会非常活泼好动，但也会自己看书画画安静地做一些事情。不过，这种个性的孩子通常在陌生环境中会很谨慎，需要比较长时间

"预热"，所以锻炼培养他的胆量和勇气，成了我们很重视的一个问题。

在阿尔萨斯时，一岁八个月的小Y已经相当懂事了，不再是以前那个对什么事情都懵懵懂懂的小宝宝。所以，除了带着他吃喝玩乐以外，我们也开始有意识地利用旅行的机会对他进行一些锻炼和引导。

小Y一直不喜欢穿鞋穿袜子，我们也觉得这是让孩子最自然舒服的状态，所以从不在乎他把脚弄脏，或者担心他受凉。而且自从小Y会自己脱鞋以后，穿不穿鞋这件事已经不是我们说了算。在我们所住的酒店里有一口老井，井边是一棵高高的松树，厚厚的松叶落了一地。到酒店的第一天，小Y就光着脚在草地上兴奋地跑来跑去。我故意想看看他踩到松叶上会有什么反应，就走到井边，招呼小Y过来看。小Y冲我跑过来，一脚就踩在了松叶堆上，扎得他哇哇大叫。于是我告诉他，如果穿上鞋，脚就不会痛了。他想了想，转身跑到爸爸面前，主动要求把鞋子穿上了。在需要的时候用鞋子来保护自己的脚，这大概可以算是他的第一节野外生存课吧！

这次旅行中，小Y还第一次独立地给自己买到了一个冰淇淋。自从上了幼儿园以后，小Y就已经知道世界上有冰淇淋这个好东西了。虽然我们平时很少给他买，但他在幼儿园里时不时能吃到。有一天，我们在一个小镇上路过一家冰淇淋店，我问小Y想不想吃冰淇淋，他一个劲地点头。老公拿出一个硬币给他，叫他自己去买。小Y接过硬币，有些迟疑地看看我。我冲他点点头，鼓励他大胆去试试。冰淇淋的诱惑还真强大，小Y居然真的鼓起勇气一个人走进

了冰淇淋店。柜台太高，里面的阿姨根本看不到他。正好旁边的小门开着，他直接从小门走了进去。这下里面的阿姨看到了这个小不点，蹲下来问他要买什么。小Y把硬币交给阿姨，然后指了指柜台里的冰淇淋，又回头指指站在门口的我。阿姨帮小Y选了香草口味的冰淇淋，满满地装了一蛋卷。小Y接过冰淇淋，兴高采烈地跑回到我们面前。这可是他第一次完全独立地买到东西哦！

  阿尔萨斯地区有一个著名的城堡叫Haut Koenigsbourg，由于地势陡峭，是俯瞰整个葡萄酒产区的绝佳地点。但是由于这个城堡历史十分悠久，并不拥有完善的无障碍设施，所有的婴儿车都被建议储寄存在城堡入口处。我们原本担心小Y无法徒步完成游览这么大的一个城堡，所以打算由我陪他在城堡脚下玩，其他人则去登高望远。结果老公将要离开时小Y非常不乐意，一定要跟着爸爸一起去。所以我们也就顺水推舟地对小Y进行了一次拉练。

我们的大原则是既不抱也不背，楼梯也好，山坡也好，小Y都只能拉着我们的手靠自己的力量前进。也许是因为城堡里新奇有趣的东西太多，小Y沿途不仅没有叫累，反而还非常兴奋地上蹿下跳。他的表现连我和老公都非常吃惊，两个多小时的游览时间，小Y硬是靠自己的两条腿走了下来。

虽然我们带小Y旅行的初衷，不是要刻意教育培养他，但是随着他年纪的长大，旅行的确为我们提供了许多在陌生环境中锻炼培养他的机会。我想，小孩子的胆量，或许就是在这一点一滴之间逐渐锻炼出来的吧！

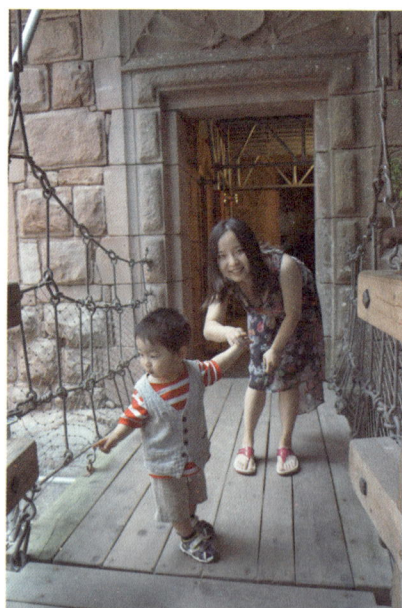

1岁10个月，独立的小大人儿

　　转眼间，小Y就要满两岁了。在我们眼中，他已经像个独立的小大人，而他自己也经常说，我不是baby（宝宝），是boy（男孩）。仿佛是眨眼之间，他就会说很多话了，在幼儿园的时间，也从原来的三个半天增加到了两个整天，过起了朝九晚五的"上班族"生活。看着小Y一天天长大固然高兴，但我这个抠门的妈妈也悄悄打起了小算盘。两岁以后的孩子机票只比成人票便宜一成，我们的旅行成本嗖地就要涨上去了。我跟老公商量，得抓住这最后的机会，再享受一次10%的婴儿机票。想来想去我们决定去一趟罗马，十月的欧洲还能有好天气的地方已经不多了，伦敦早就已经冷得让人懒得出门。

　　根据以往的经验，我们买了中午的机票，出发那天提前到机场，吃好午饭，准备一登机就让小Y睡觉。登机以后刚坐下，空姐给我拿来小Y的婴儿安全带，我还没来得及系，小Y就主动把安全带往自己身上绕了，而且还一本正经地检查我有没有系安全带。我悄悄在心里嘀咕，我们给孩子定各种各样的规矩，其实也常常是把我

147

们自己绕进去啊。那段时间，小Y开始经常对我和他爸爸的行为评头论足。比如我们一直要求他自己的鞋子脱下来要放到鞋架上，结果有一天，老公下班时，脱了鞋随便往地上一放，小Y就立刻指着地上的鞋对他爸爸说：爸爸，鞋没放好！

在飞机上，跟我们坐在同一排的是个妈妈带着个小女孩，女孩子应该比小Y大，可能有三岁左右，一上飞机就开始玩iPad。飞机快起飞了，空姐要求大家关闭所有电子设备，并且专门提醒了我们旁边那位妈妈。妈妈刚把iPad从小女孩手上拿掉，小女孩立刻就尖叫着大哭起来。小Y转过头去看了看这位哭得惊天动地的小姐姐，回头对我说：baby，哇哇哇！那阵子他只要一看到别的小孩子哭，就会用一副大人的口吻对我说：baby，哇哇哇！似乎只要哇哇哭的，在他眼里都是小宝宝。有时候他自己发脾气哭鼻子，过后也会指着自己说：baby，哇哇哇！

旁边的妈妈还在努力安抚那个小女孩，小Y突然从自己座位前的椅背上取出安全须知的纸片，让我递给旁边的小姐姐。这个纸片一直是他坐飞机时很喜欢玩的东西，因为上面有很多插图。我把纸片递给旁边的妈妈，这位妈妈又把它转交给小女孩，对她小声地说了句什么。小女孩突然不哭了，扭头看看小Y，接过纸片，有点不好意思地笑了。

飞机起飞后，小Y很快就睡着了。我们旁边的小女孩又跟她妈妈哼唧了很久，才终于睡着。飞机着陆前半小时，机长在广播里通知大家做好飞机下降的准备，小Y和那个小姑娘都被吵醒了。已经睡足了的小Y精神焕发，我拿出一盒葡萄干给他吃。旁边的小女孩可能还没有睡醒，显得很不高兴，哼哼哈哈地哭了起来。她的妈妈采取冷处理，没太搭理她。我悄悄对小Y说，你要不要把葡萄干送给小姐姐吃，让她不哭了？小Y低头看了看手上的葡萄干，没有说话，开始一颗接一颗地吃。吃到还剩半盒时他突然停住了，把盒子递给我。我问他，是要给小姐姐吃吗？他点点头。我差点笑出来，原来这家伙舍不得全给，所以自己先吃掉一半啊！

小女孩拿到葡萄干，立刻破涕为笑，一边吃一边冲小Y笑。小Y也很高兴，一个劲儿地做手势，招呼小姐姐随便吃，别客气。飞机落地后，我们把两个小朋友抱到飞机走道上，两个人好像老熟人一样，亲热极了，小姑娘还给了小Y一个大大的拥抱，在他的脸上亲了一口。下飞机后，我们一起坐上了机场的穿梭列车，两个小朋友兴高采烈地坐在一起。小Y眉飞色舞地和小姐姐聊了一路，一会儿向人家介绍谁是妈妈，一会儿给人家看自己背的包包，我还是第一次看见他这么主动地和陌生人交流。

　　这个发生在罗马假日中的小插曲，让我对小Y有点刮目相看，他懂事的程度原来已经远远超过了我的想象。我曾经在资料上看到，一个孩子在其他孩子哭闹时的反应，可以作为衡量他安全感的一个标准。如果孩子能够主动去安慰其他孩子，可以在一定程度上说明他的安全感比较强。小Y在飞机上的表现，让我感到高兴之余也有些担心，他真的已经长大了！以后，跟这么一个懂的东西越来越多的小大人打交道，当妈妈的压力还真不小啊！

1岁10个月，妈妈要言而有信

我们到达罗马，下飞机等行李的时候，小Y发现了旁边的儿童游乐区，对里面的塑料玩具屋着了迷，钻进去不肯出来。我在外面哄了半天都没用，最后只好说，我们得去坐火车了，再不去火车就开走了。小Y一直是个"火车控"，对火车地铁一类的东西特别感兴趣，一听说火车要开走了，立刻钻了出来跟我走。

说这句话的时候，我原本觉得我们反正是要坐火车去市区的。结果出了机场我才想起来，因为行李有点多，我们其实是打算坐出租直接去酒店。我带着小Y准备上出租，他一看没有火车，一边摇头一边对我说：No，火车，火车。我只好跟他解释：这里没火车，我们先坐汽车，然后才能转火车。小Y听了以后点点头，跟我们上了出租。

到了酒店，收拾妥当，已是傍晚。我们住的地方离罗马著名的景点许愿池很近，于是我们打算在晚饭之前先去许愿池看看。我们推着小Y刚出酒店，他就看见了酒店旁边的地铁站。他已经能认出地铁站口了，一边指一边对我说：妈妈，火车！我心想，完了，今天跟火车这件事情杠上了！我对小Y说："好，妈妈记得的，我们先去吃饭，一会儿才坐火车。"小Y又点点头，还在嘴里小声地"噢"了一声。我盘算着吃完饭，逛到下一个地铁站，然后坐一站车回酒店，把许的坐火车这个愿给了了吧！

我们带着小Y，先去了许愿池，接着又去了万神庙，罗马的两大景点果然名不虚传，虽然夜幕已经降临，两个地方还都人潮涌动。逛完之后，我们在附近找了家小餐厅，吃了一顿地道的意大利餐。小Y一直喜欢吃意大利面，和我们一起吃得兴高采烈。吃完饭，时间已经有点晚了，看着小Y开心的样子，我估计他早就把坐火车的事情忘到九霄云外去了。于是我们没有特地再去坐地铁，而是直接走回了酒店。

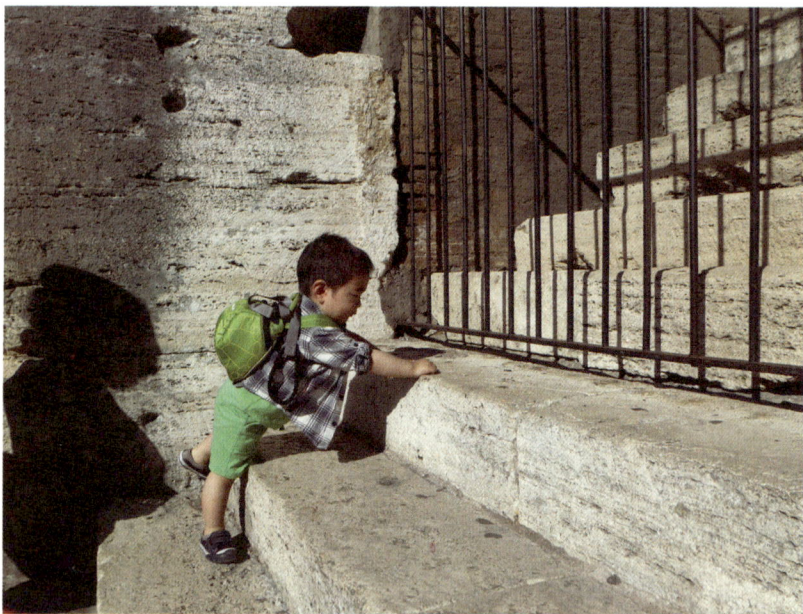

快到酒店时，坐在推车上的小Y突然叫起来：妈妈，火车！天啊！又是火车！我只好对小Y说：太晚了，我们现在要回去睡觉了，不去坐火车了。小Y一听我这么说，立刻哭了起来，一边在车上挣扎一边不断地重复：No No No，火车，火车！我知道这次是我理亏，因为我的确承诺了他要去坐火车。我把小Y从车上抱下来，搂着他轻声说：对不起，妈妈知道答应过你要去坐火车。但是现在太晚了，开火车的叔叔都已经回家睡觉了！妈妈答应你，明天早上起来第一件事就是去坐火车。我一连说了好几遍，小Y渐渐平静下来，点点头，终于同意了！

第二天一大早，吃过早饭，我们出发去斗兽场，小Y出门的时候抬头对我说：妈妈，火车！我连忙回答：对，我们现在去坐火车，妈妈说过早上起来就去的。我们带着小Y，进了地铁站。小Y一看终于有火车坐了，开心得哇哇大叫起来！我悄悄对老公说，以后答应他的事，千万要做到！

参观完斗兽场，我们正准备离开，小Y隔着栏杆看到了停在斗兽场入口处的马车。马是那段时间小Y非常感兴趣的一种动物，他站在栏杆那看得不肯走。老公对小Y说，走啦，出去了就带你去看马。小Y立刻乖乖地跟着爸爸走了。出了斗兽场我们才发现，出口离刚才停马车的地方还很远，要绕着斗兽场走半圈。老公说，算了，赶时间，不去看马了。我对老公说，不行，一定得带他去看一下。我于是又带着小Y，特地绕回到能看见马车的地方，让小Y站在边上看了一会。虽然只是几分钟，小Y却看得很高兴，特别是恰好看见了一匹马拉大便，他还捂着鼻子故意装成很臭的样子！

孩子逐渐长大，自己的主意和想法会越来越多，关注的东西也千变万化难以预料。他们的要求和兴趣，很可能会和我们大人计划中的"行程"有冲突。这个时候，我们很容易通过这样那样的许愿来说服他们，不管是答应带他们去买冰淇淋，还是像我那样许诺去坐火车。有时候，这种许诺是不经过大脑脱口而出的，我们未必能够或者真的愿意去实现。但这次在罗马的经历让我发现，愿还是不能随便许的，一旦说出口了，就一定要实现。身为爸爸和妈妈，"言而有信"这四个字，在孩子心目中的分量绝对不容小视。

1岁10个月，斗兽场里急中生智

　　自从我们带小Y一起旅行以来，对每一次的目的地和旅行方式，我们都本着循序渐进的原则，慎重考虑。而这次临时决定的罗马之行，可能是所有旅行中景点游人最多的一次，这是我们之前没有预计到的。

　　小Y不再穿尿布之后，我们带他旅行，就多了一个需要注意的问题，大约每隔两小时就得开始盘算附近哪里有厕所。因为如果等到小Y告诉我们他需要上厕所时再去找，有时候就会很容易来不及。他一岁八个月跟我们去法国时，因为是自驾，加上是在乡间悠闲度假，所以找厕所并不太困难。但是罗马和阿尔萨斯不同，是个繁华热闹的大都市，大名鼎鼎的景点又无不人山人海，这给我们带来了一点新的麻烦。

　　斗兽场是罗马的标志性景点，也是游人最多的地方。我们去的那天，一大早出发了，本想赶在人流高峰之前入场。没想到我们到达时，门口早已排起了长队。为了节省时间，我们只好买了快速通道的入场票，虽然贵一点，但总比把小Y精力最充沛的时间浪

费在排队上好。进了斗兽场以后，我们给小Y背上他很喜欢的乌龟包，让他自己边走边看。小Y肯定不会明白自己是在一个有差不多两千年历史的古老奇迹里，不过他对斗兽场里的大大小小的"破石头""破楼梯"很有兴趣。我们租了一个语音导游，我们听讲解时，小Y就用他自己的方式仔细"研究"着这个新奇的地方，不是这里摸摸，就是那里爬一爬，和我们互不干扰。

　　小Y一个人玩得很投入，周围的游客看他的样子也觉得很可爱，不时有人和我们打招呼，或者要求跟小Y合影。有一个意大利叔叔特别喜欢小Y，可惜英语太不灵光，指手画脚地跟我用意大利语比画了半天，我一句也没有听懂，最后勉强明白他是想给小Y拍照。小Y是在我的镜头前长大的，很配合地摆各种姿势让叔叔照。这个叔叔的相机格外专业，而且一连给小Y拍了十几张。看他那一本正经的样子，我在心里寻思着，我们该不会是碰上专业摄影师了吧！

我们兴致勃勃地在斗兽场里逛了两个小时，小Y突然对我说："妈妈，wee wee（小便）。"在斗兽场里玩得太高兴，我和老公都忘记了小Y上厕所这件事。我连忙抱起小Y去找厕所，好不容易找到时，却发现门口排着长长的队。我四处看了看，发现没有专门给婴幼儿用的卫生间，只好带着小Y站到队伍的最后。小Y看样子也是急了，一个劲儿地跟我说：妈妈，wee wee。我一边提醒小Y再坚持一会儿，一边往队伍里的人群投去求助的目光，指望有人能让小Y插队先上，可惜似乎没有人注意到我急切的目光。我知道这么等下去下小Y肯定要出"事故"，急中生智突然想起他的便携式马桶垫和塑料袋配合可以变身成活动马桶，虽然这个功能我们还从没用过。我一看，正好包里还真有塑料袋，连忙拉着小Y走到厕所边的一个角落里，噼里啪啦用三十秒改装出一个小马桶。刚把小Y放上去，就听见哗的一声……我当时真心觉得，不管是谁设计出了这么个马桶垫，他都真是个天才啊！

第二天，我们又带着小Y去梵蒂冈，遇到那里正在举行宗教活动，前来"拜见"教皇老人家的人真是人山人海。偌大的广场上根本看不出哪里能找到厕所，又是便携式马桶垫这个天才的设计，帮我们解了燃眉之急。

我们再一次感受到了带孩子旅行时装备的重要性，以后再带小Y去罗马这种热门景点，我们就不用再老是把找厕所的神经绷得紧紧的了。

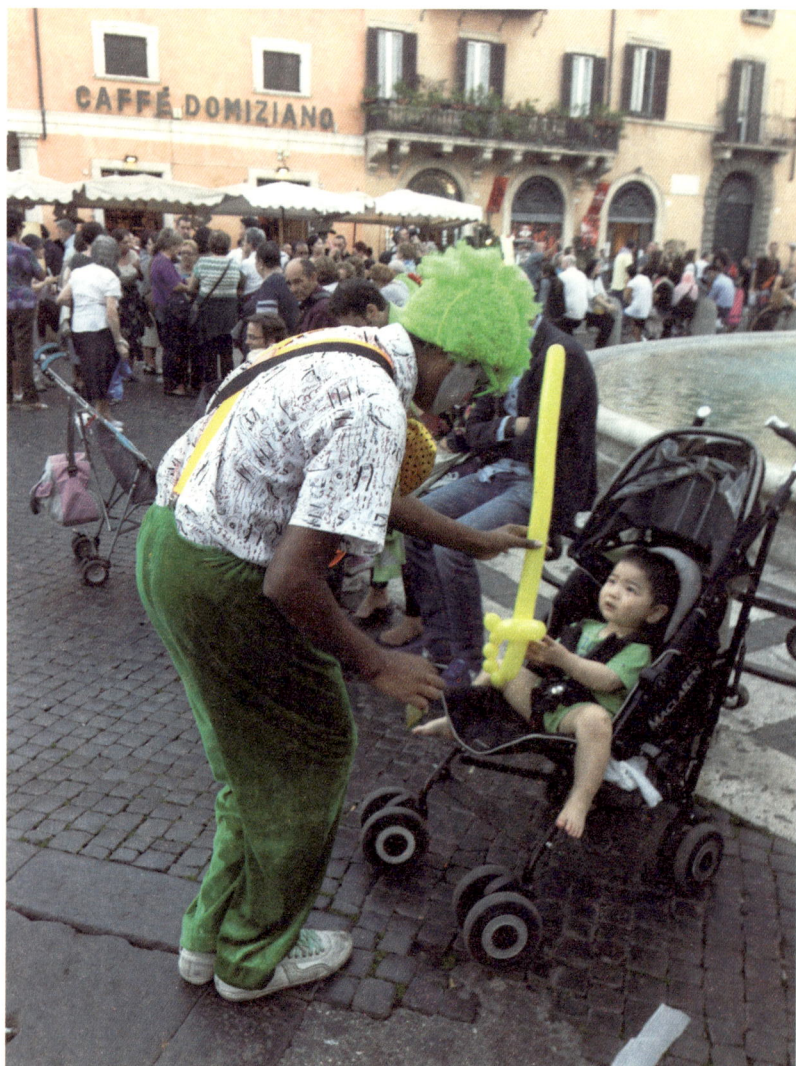

1岁10个月，小Y爱上讲旅行故事

我们在罗马的旅行，因为有了会说话的小Y，而变得前所未有的热闹。那时的他语言能力已经突飞猛进，可以说一些简单的句子了，所以也特别热衷于表达自己。在整个旅途中，小Y经常主动地向我们描述自己经历过的事情，也让我们更清楚地知道了旅途见闻在他心目中留下的印象。

我们刚到机场上飞机之前，小Y突然对我说：你（你我不分，表示我）坐飞机，妈妈背包包，你（我拉）小箱子，爸爸（拉）大箱子。你（我）上飞机（就）睡觉觉，起来（空姐）阿姨（给）你（我）喝juice。他这是在向我描述自己以前多次坐飞机的经历。妈妈背一个包，他和爸爸各自拿一个箱子。而且因为我们经常挑他要睡觉的时间坐飞机，他居然已经把睡觉当成了坐飞机的一部分。他每次在飞机上睡着时，我们都会把飞机餐和饮料留着等他醒来再吃，所以他认为这是飞机上的空姐阿姨对他好好睡觉的奖励。这个美丽的误会我们直到现在也没有去揭穿，所以小Y依然是个一上飞机就主动要求睡觉的孩子。

又比如有一天早上，我单独带小Y坐地铁去了一次西班牙广场，还在广场上玩了喷泉看到了高头大马。后来小Y刚一见到爸爸，就迫不及待连比带画地对老公说：妈妈插（地铁）票，（地铁）门打开，你（我）坐火车。你（我和）妈妈（到了）广场，（广场上的）喷泉洗手，（洗手时）鞋子湿（了）。（广场上有）大马，（马）很高，（看见）马拉便便。他讲到最后一句时，很让我有些吃惊，广场上马很多，没有想到他对这么个小细节印象如此深。

比起平时的生活，旅途中让小Y觉得有趣、使他兴奋的事情要多得多，每一次旅行回来，他不仅会不厌其烦地跟我们讲很多遍，遇到熟悉的

叔叔阿姨或者小朋友，还会非常主动地讲给别人听。而且他每次讲
自己的这些亲身体验时，都是完全原创，不需要我们做任何的引导
或提示。让孩子讲述他们自己亲身经历过的事情是有很多好处的，

不仅能锻炼他们的表达能力，还能强化他们的观察力和逻辑思维能力，更让他们在不知不觉中学会表达自己的情感和感受，这一点对于男孩子尤其重要。除此以外，还有研究人员认为，这比让孩子看图讲故事效果更好，因为这个年纪的孩子，对图片的理解力还很有限，大部分时候都是先听父母讲了很多遍之后，再被动地重复大人的表述，而非真正的主动表达。

　　旅行对小Y产生的影响不仅仅体现在他一个人身上，更悄悄改变着我们和他之间的亲子关系。离开舒适的家，去远方旅行，让我和老公在不知不觉之间，把小Y当成了和我们同甘共苦的"兄弟"。

在罗马的最后一天，去机场之前，我们决定利用最后一点时间，再去许愿池看看。我们走到许愿池附近一条僻静的小巷子里，老公拿出地图，想看看下一步往哪走。因为路边没什么可以坐的地方，老公就干脆直接坐到了街沿上。本来拿着冰淇淋吃得起劲的小Y，看爸爸坐下了，也学着他的样子坐在了地上。对于他的这个举动，我和老公没有谁因为怕地上不干净而表示异议。相反，父子两个的样子让我忍不住笑了起来，小Y背着他的乌龟包，一边吃冰淇淋，一边扭头看着爸爸手上的地图，和爸爸的神态，如同一个模子倒出来的大小两个版本。

我突然觉得无法把小Y的样子和一个不到两岁的小孩联系起来。在我的潜意识里，一岁多的孩子似乎依然还只是个小宝宝，还应该时刻被爸爸妈妈捧在手心里当个宝。可是实际上，我们竟然早就已经把小Y当成一个平等独立的家庭成员。他跟着我们旅行了这么多次，累了就和我们一样席地而坐休息，困了就自己爬上小车睡觉，饿了我们买什么他就吃什么。其实，我们也许有条件对他再宝贝一点，他也完全有权利再娇气一点。可是，孩子的世界就这么简单，他自然地接受了我们为他提供的一切物质条件，从来不会想到要挑剔。小Y的表现也让我们对他变得越来越有信心，孩子需要我们的照顾，但并不一定比大人娇气。他要的只是能和爸爸妈妈在一起，无论爸爸妈妈去哪里，只要带上他，他就很开心。

旅行让小Y成长，也让我们和他一起在远方长大。

2岁，南加州在远方长大

　　2012年圣诞节，小Y一大早就从床上蹦了起来，光着脚冲到客厅的圣诞树下，找到了自己的圣诞礼物。而我们真正送给他的圣诞大礼，是要带他去美国南加州度假一周。这次度假，算是我们第一次专门为小Y安排的旅行。给我们当了两年跟班的他终于成了主角，我和老公则沦落成了全职"陪玩"。

　　伦敦到洛杉矶，飞行时间近十二个小时，时差有八小时，还要在一周之内往返，这对于我们和小Y来说都是个不小的挑战。这次旅行中，刚满两岁的他表现出了超乎我们意料的自娱自乐的能力。在飞机上，考虑到调整时差的需要，大部分时间我们都没有让小Y睡觉。而他自己吃东西，玩玩具，看图书，过家家，画画，甚至找空姐阿姨聊天，一路上忙得不亦乐乎。在美国旅行，不可避免地需要长时间开车，小Y居然已经可以耐心地在安全椅上一坐一两个小时了。不仅如此，他还开始自己收拾行李，跟着爸爸装模作样地研究地图，遇到喜欢的东西更知道主动往前面一站，招呼我们帮他拍照。

南加州地区有很多主题公园，自然风光也非常优美。经过一番仔细的研究之后，我们带小Y去了相对比较适合小小孩的洛杉矶迪士尼乐园、圣地亚哥海洋公园和航母博物馆。其中最著名的，自然非迪士尼乐园莫属。不过，虽然迪士尼是每一个孩子心目中的梦幻世界，但两岁的小Y究竟会不会喜欢，有没有可能因为年纪太小反而感到害怕，我们心里也没什么底。尤其是他两岁以前几乎没怎么看过电视，家里也只有一本关于米老鼠的图书，几乎不认识什么经典的迪士尼卡通人物。

到达洛杉矶的第二天，我们带着小Y去了好莱坞著名的星光大道。马路两边的人行道上有不少街头艺人装扮成迪士尼故事中的人物。小Y果然对大部分的人物都感到有些害怕，站得远远的不敢靠近。但是，当我们遇上米老鼠时，他突然就非常主动地跑过去和米老鼠互动起来。那时候，我真是由衷佩服米老鼠的原创作者，这个小Y并不熟悉的卡通人物，居然可以如此不费吹灰之力就俘获了小Y的童心。

我们去迪士尼乐园那天，恰逢圣诞假期，乐园里真的是人山人海，几乎每个游乐项目都排着长队。一开始小Y还不太能理解排队的意义，排不了一会儿就变得不耐烦起来。为了帮助他打发排队的时间，我们给小Y买了一个米老鼠小玩偶，他立刻爱不释手地紧紧抱在怀里，一口一个Mickey Mouse地叫着。

后来，我们带小Y去了迪士尼的米老鼠之家，他兴奋地东摸摸西看看，忙得不亦乐乎。参观接近尾声时，我们走进了一个小房间，一只真正的大米老鼠赫然出现在我们面前。米老鼠冲小Y招了

招手，小Y立刻就又蹦又跳地跑了过去，像老朋友一样地跟他握手、拥抱、亲吻，没有一点害怕或者矜持。最后，他还抱着自己的小米老鼠跟大米老鼠亲密地合影留念。

　　最后，在离开迪士尼之前，小Y又在花车游行的队伍里再一次见到了米老鼠。他骑在爸爸的脖子上，兴奋得一边挥手一边冲着米老鼠大叫Mickey。我相信，那时的小Y并不知道米老鼠只是一个卡

通人物，而是把他当成了自己的一个好朋友。

　　在去迪士尼之前，我们家里其实有不少毛绒玩具，但小Y并没有对其中任何一个表现出特别明显的兴趣。但这次旅行之后，小Y却变得对米老鼠情有独钟。我们觉得，除了因为米老鼠本身的魅力之外，还因为这是他在南加州整个旅途中唯一的玩偶，吃饭睡觉坐车走到哪里都带着。而在家里时，因为玩具太多，每一个都是玩两天就扔到一边了。旅行中和米老鼠的朝夕相处，让小Y第一次对一个玩具表现出了强烈的依恋和喜爱，仿佛找到了他人生中的第一个真正的好朋友。

　　更出乎我们意料的是，这只从南加州远道而来的小米老鼠，居然结束了小Y睡觉时需要大人哄睡的历史。在去美国前，每天晚上我都要坐在小Y的床边，等他睡着之后才能离开，有时候一坐就是半小时。但是从美国回来之后，小Y每天晚上开始抱着米老鼠睡觉，关灯之后我如果短暂离开他的房间一会儿（比如说去上个厕所），他也没有什么太大的异议。利用这一点，我开始故意找各种理由离开他的房间，而且逐渐延长离开房间的时间。终于在几天之后，当我过了近二十分钟后再回到小Y的房间时，他已经等我等得自己先睡着了。从此之后，我也终于从持续了两年的睡前哄睡中彻底解脱了出来。

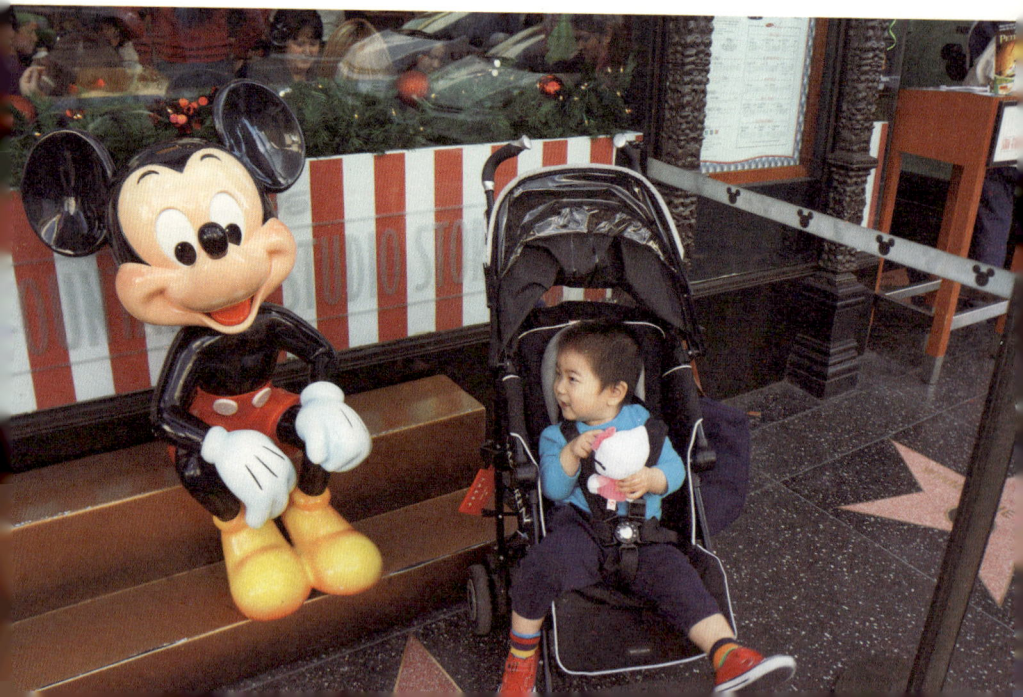

小Y的足迹地图:

第四章

让我们一起把地图填满

旅行渐渐成了我们一家三口共同的爱好

2岁2个月，中国也是我的家

　　小Y两岁之后，开始迅速地从一个小宝宝向儿童转变，吃饭穿衣这些事情几乎都可以自己做了，自己的主意和想法也越来越多。他变成了一个明显喜欢旅行的孩子，一提起要去旅行就会欢呼雀跃，比我们还激动。爷爷奶奶在他生日的时候送给他的小行李箱成了他的最爱，经常往箱子里装满玩具说是要去holiday。平时走在路上，他会时不时地突然从口袋里假装摸出一张地图，装模作样地看一看之后对我们说：我有地图，我来带路！

　　如果说小Y一岁以前，我们带他一起旅行的主要目的，只是想在做父母的同时兼顾自己对旅行的爱好的话，那在他一到两岁期间，他在旅途中点点滴滴的成长变化，让我们看到了旅行对孩子所产生的潜移默化的影响。小Y两岁之后，旅行已经变成了我们三个人共同的兴趣，丰富着他和我们的生活体验，这也逐渐成了我们三个人一起去旅行的最主要动力。

　　小Y两岁两个月，蛇年春节前夕，我们带着他第二次回到了中国。在安排回国的行程时，我们没有再和以前一样，把照顾小Y的作息时间作为首要考虑的因素，而是选择了晚上从伦敦出发绕道香港转机的路线，一路奔波长达24小时。小Y全程应对自如，在飞机上尽量地睡，转机时抓紧时间玩，丝毫不用我们费心。

和他刚满一岁时第一次回中国相比，小Y已经成了一个能跑能跳会说会唱的大小孩了。但是，几乎所有的人都听不懂小Y说话，走到哪里都需要我当翻译。一直生活在双语环境下的他，每一句话里都是中英文混杂，而且中文一副洋腔，如同一个老外在讲话。别人问他家在哪里时，他也总是毫不犹豫地回答：London! 不过，等到我们结束旅行回英国时，他的中文水平已经全面超越英文，不仅能把普通话说得字正腔圆了，而且还时常冒出几句地道的四川话。他认识了中国小朋友喜欢的灰太狼和喜羊羊，跟着表哥表姐们学会了很多中文儿歌，甚至还死记硬背下了一首唐诗。别人再问他家在哪里时，他不仅会回答London，而且还清清楚楚地知道爷爷奶奶在杭州，外公外婆在成都，而这两个地方也都是他的家。

每年带小Y至少回国一次，是我们从他一出生开始就计划好了的事。我们相信，经常带孩子回中国，是增加他和国内亲友接触的机会，帮助他建立对中国文化的认同感的最好方法。但是我们也不免担心，在国内万千宠爱于一身的状态，会不会很快把小Y给惯坏了呢？因此我们去亲朋好友家做客的时候，时不时地还需要跟小Y玩一点小心眼。

比如我们去别人家拜访时，主人如果看到小Y特别喜欢房间里的什么小玩意儿，就常常会大方地说送给小Y了，带回家慢慢玩吧。可是我们并不希望，让小Y觉得别人家里的东西喜欢就可以随

便带走，但这个道理跟一个两岁多的孩子又很难讲得清。所以我们出门前通常会让小Y带上一个他特别喜欢的玩具。当他想把别人家的玩具带走时，我就告诉他，带走玩具可以，但是要用你自己的那个玩具交换。每一次，小Y都无一例外地经过艰难的思想斗争之后，还是更舍不得他原来的那个玩具，我们的目的也就不露声色地达到了。

又比如，我们平时在家对小Y吃零食是有时间限制的，尤其是在吃饭前绝对不可以吃。可是朋友聚餐，难免会有人送给小Y各种零食和糖果，而且经常都恰好是在饭点之前。对于这些东西，小Y心里当然是很想要的，但他也知道吃饭前不可以吃零食，所以总是眼巴巴地看着我，想拿又不敢拿。所以我们外出时会让小Y带上他自己的小背包，叔叔阿姨给他零食时，就让他接过来放到自己的背包里，等到吃完饭再吃。这样既让孩子接受了别人的好意，又不会影响他正餐时的胃口。

不过，在更多时候，我们并没有过分拘泥于在家里一直坚持的一些原则。毕竟小Y难得回一次中国，毕竟我们这是在度假。让孩子暂时少一些约束，感受一下被人宠、被人惯的感觉，也算是增加他的生活体验，增强他和亲人之间感情的方法吧！就是我们大人，不是偶尔也会吃吃垃圾食品、睡个懒觉、做一些不那么应该做的事情吗？有些规矩和习惯，是可以等度假之后再想办法纠正过来的。比如，小Y一哭，就会立刻有好几个人冲上去又哄又抱；他犯了错误被我罚坐"naughty corner"，不出二十秒就会有人帮他求情；他一说要吃面包，会有人自告奋勇马上打着车带他去买；别人送给他的玩具衣服，都比他平时的消费水平高出好几倍。老公甚至打趣地说，这下小Y是既能过英国的苦日子，又见识过中国的幸福生活了！小Y从中国回来之后，的确比原来矫情了一些，叫他吃饭睡觉洗澡永远都是回答"不，我要玩！"。所以我们在家里设置了"五星栏"，小Y如果在日常生活中的某一方面表现好，就能得到一颗五星，得满了五颗五星就可以吃一瓶他最喜欢的酸奶。我们通过这种方法，不到一周就把一些原来的规矩和要求又重新建立了起来。

而这一点小小的代价，换来的是小Y对国内亲人发自内心的挂念。他经常对我们说：大舅舅带我去放炮了，小叔叔家有小狗，我喜欢和豆豆姐姐玩等等。而这些，正是我们希望通过经常带他回国达到的目的。我们相信，只要中国有小Y挂念喜欢的亲人，他对中

175

国的感情就会一天比一天深厚，也会更有兴趣学习和了解关于中国的一切。而这，将会是能让他受用一生的财富。

2岁2个月，完美港台亲子行

　　小Y的第二次中国行，除了杭州和成都之外，还把足迹延伸到了台北和香港。台湾是我和老公很久以来都一直想去看看的地方，但香港我们其实已经去过好几次了。不过为了让小Y见识一下香港的繁华，也为了让那段时间对米老鼠情有独钟的他再去一次迪士尼，我们还是在香港短暂停留了几天。去过香港迪士尼之后，我开始思考什么样的旅行安排才算得上是完美的亲子游。带着一个两岁多的孩子出行，当然不能只顾大人的喜好，完全不管孩子的兴趣。但是，如果整个旅行都以孩子为中心，只去他们喜欢的主题公园或者海边，那大人难免又会觉得有些乏味。

　　怎么样才能在成人感兴趣的旅行线路里增加一些孩子喜欢的元素呢？我在香港做了一次小尝试。和很多男孩子一样，小Y是一个地道的火车控、轮船控、汽车控和飞机控，总之不管什么交通工具，他都很喜欢。去游乐场玩时，他感兴趣的项目也一定和各种交通工具有关。于是我想，与其到游乐场排着长队等着坐小船小火车，不如干脆带他去坐真正的大船大火车！于是，我们在香港时，我刻意在观光路线里，安排了各种不同的交通工具。比如在一天之中，先从上环坐地铁到湾仔，然后从湾仔坐天星小轮到尖沙咀，再从尖沙咀坐地铁到金钟，最后从花园道搭乘缆车上山顶。对于我们大人来说，交通工具是连接景点与景点的纽带；但对于小Y来说，那都是让他乐此不疲的"大玩具"。尤其是我们上山顶时，小Y第一次坐上了"会爬山"的火车，兴奋得手舞足蹈忘乎所以，这样的火车可比游乐场里慢悠悠的小火车拉风多了！一路上，我们看到了我们想看的风景，小Y也兴致勃勃地过足了车船瘾，大家都自得其乐。

到了台北之后，我惊喜地发现，这是一座特别适合亲子游的城市，在许多地方都可以轻而易举地兼顾大人和孩子的兴趣和需要。

比如台北"故宫"，藏品极其丰富，是我们在台北最想去的景点之一。但是，这种大型博物馆，参观时间长，展品一般又都只能隔着玻璃远观，再加上游客还特别多，小孩子很快就会失去兴趣变得烦躁不安。不过，台北"故宫"内设有一个大型儿童中心，里面不是普通的儿童乐园，而是陈列着许多馆藏珍宝的仿制品。而且这些展品被巧妙地设计成了有趣的玩具，孩子们可以随便摸随便玩。比如青花大瓷瓶其实是一个三维立体拼图，小孩子可以把瓷瓶的碎片拼接成一个漂亮的大花瓶。而大名鼎鼎的多宝阁，也可以打开来看一看里面到底有什么奇妙的构造。这些东西，让小Y一下就玩得入了迷。除此之外，儿童中心里还循环播放着一部以馆藏珍宝为主题的动画片。孩子和大人都可以席地而坐，通过有趣的故事了解珍宝的历史和特点。不要说孩子，连我看了以后都觉得大开眼界。这样一来，带着小Y参观台北"故宫"就容易多了，我和老公轮流陪着小Y在儿童中心玩，另外一个人就可以不慌不忙地去参观展品。我们看到了想看的所有展览，小Y也玩得非常开心，而且还在不知不觉之间增加了对馆藏珍宝的直观认识。

台湾是著名的温泉之乡，到台北郊区的北投泡一泡温泉，也是我和老公在台北想做的事情之一。但是考虑到小Y的年纪，我们觉得温泉的高温和矿物质可能不适合他，所以不打算带他去。北投温泉博物馆附近，是著名的北投公共图书馆。于是老公去体验温泉的时候，我就带上小Y去了这座古色古香的图书馆。出乎我们意料的是，这座规模并不算大的图书馆，居然有整整一层全部是儿童图书，不仅有专为小朋友设计的桌子椅子，就连书架都是适合小朋友的高度。两岁多的小Y正好处在对图书非常感兴趣的阶段，一看到这么多书，就如同进了游乐场一般兴奋。我们俩一起席地而坐，他挑一本，我讲一本，不仅他听得津津

有味，连我自己都觉得非常享受。

　　一次真正完美的三个人的旅行，应该是可以兼顾大人和孩子两方面的需求的。而孩子和大人的兴趣，也会通过一次又一次共同的旅行而渐渐融合。在香港和台北，我幸运地找到了这两者之间的平衡点。

2岁5个月，和小伙伴一起去旅行

小Y两岁之后，渐渐开始喜欢和同龄的小朋友交往，不仅有了自己的好朋友，甚至还在幼儿园班上有了最喜欢的女生。这种变化，其实是孩子在成长过程中的一个重要转折点。两岁以前的小孩在一起，彼此之间几乎是没有任何互动的。通常要到两岁之后，他们的社交意识才渐渐开始萌芽。不过与此同时，他们的"所有权"意识也变得格外强烈，在一起时难免为了争抢玩具哭闹打架。但是，正是在这一次又一次激烈的冲突之中，他们学习着与人相处的方法，也理解着分享的意义。

小Y两岁五个月时，我们和他的好朋友小D一家相约，一起到英国新森林国家公园度假。这是小Y第一次和小伙伴一起去旅行，两个男孩子是幼儿园的同学，年纪仅仅相差一个月。我们在网上提前预订了国家公园里的一间民宿，没想到居然是一幢自带滑梯秋千大草坪游泳池的"豪宅"。这一切对于一直生活在大城市住在单元楼里的孩子来说，实在是太新鲜了。我们预订这间民宿的主要原因是它紧邻一片开阔的原野，成群结队的野马据说经常会在附近出没。

只可惜我们到达时天已经黑了，所以什么也没有看见。第二天一大早才五点多，小Y就大叫着"我要去看马啦"从床上跳了起来。我们走到屋后一看，不远处真的有一群正在悠闲享受"早餐"的野马。小Y拉着爸爸的手，小心翼翼地走到离马群很近的地方，全神贯注地观察着我们的这些新"邻居"，孩子对动物的亲近感真的是与生俱来的。

小Y和小D那段时间正好都是Peppa Pig控，所以我们带着他们去了森林公园附近的Peppa Pig主题公园。我本来是不太喜欢带孩子去主题公园的，因为觉得排队的时间总是远远多过玩。但是没想到两个孩子在一起，嘻嘻哈哈吵吵闹闹之间，连排队也变得不无聊了。而且我们四个大人分工合作，两个人负责带孩子玩，另外两个人负责排队，玩的效率也大大提高了。带着两个孩子一起旅行的优越性还真是明显啊！

两个小家伙似乎已经有了一些模糊的"面子"观念，在整个旅行的过程中，无论是吃饭睡觉还是主动上厕所，都明显比在家里更

配合。不过两个人朝夕相处，彼此之间的"战斗"也是层出不穷。不管是院子里的滑梯和秋千，还是从家里带来的玩具，甚至房间壁炉里随便一根木棒，都可以引发一轮争抢。更好笑的是，小Y甚

至坚决不准我牵小D的手，只要小D一靠近我，他就会大叫"这是我的妈妈"！

教孩子学习分享不是一朝一夕的事，他们之间的每一次矛盾其实又都是一次机会。我们和小D的父母之间有共识，孩子们的问题尽量让他们自己解决，所以谁也没有刻意要求自己家的孩子"谦让"。他们这个年龄的孩子，需要学会的不是成人式的礼让，而是如何找出公平公正地解决矛盾的方法。比如滑梯可以一人玩一次，玩具可以分成两半一人玩一部分，然后再互相交换。在每一次从发生冲突到和平解决冲突的过程中，两个孩子都在领悟着一个简单却很重要的道理：不分享，就谁也玩不成。

带着两个孩子一起旅行，也给了我们许多引导他们分享的机会。森林公园里有一个大型的植物园，我们去的时候正是鲜花盛开春色满园的季节。两个小男孩都是火车控，一进公园就要求去坐蒸汽小火车。在火车上，我故意拿出两块饼干，让小Y分一份给小D。一开始他还有点犹豫，不过想了一想还是照做了。下了火车，我们来到植物园的一个湖边，里面有许多鱼在游来游去，两个小朋友都迫不及待地想要拿面包喂鱼。我又故意拿出两块面包递给小Y，这一次，他没有需要我提醒，不假思索地就分了一块给小D。虽然只是一些别人根本没有注意到的小细节，我却看到了在小Y身上发生的微妙变化。

带着孩子和小伙伴一起旅行，为他们提供了朝夕相处的机会，是学习分享增进感情的宝贵机会。这次旅行之后，小D和小Y成了更加亲密的朋友。虽然在一起时有时候还是会抢玩具，但两天不见

又会彼此念叨。小Y满三岁时，邀请了一些好朋友来参加他的生日会，和他"不打不相识"的小D自然也在其中。整个生日会上，小Y像个得体的小主人一样，热情地把蛋糕、糖果和玩具分给来参加生日会的小朋友。他的举动让我很有些意外。半年多前那个完全不懂得分享的孩子，已经在不知不觉中长大了！

2岁5个月，在葡萄牙和妈妈比勇气

　　去海边度假，晒晒太阳玩玩沙，大概是许多人在带小孩子旅行时的首选形式。但已经跟着我们出过很多次门的小Y，却还从来没有真正在沙滩上玩过。这主要是因为我们觉得年纪较小的孩子，皮肤对太阳直射的承受力还很有限，并不适合长时间在沙滩上玩耍。等到小Y两岁五个月时，我们才专程带他到葡萄牙南部的Lagos，进行了一次真正的海边度假。

　　到达Lagos之后，我们在一个自带厨房的小公寓安顿下来，就迫不及待地带着小Y去了附近的沙滩。小Y平时就很喜欢在幼儿园和儿童中心玩沙玩水，所以对这次旅行是非常期待的，还大老远从伦敦带了玩沙必备的桶和铲子。远远地看到沙滩，他就兴奋地拉着爸爸冲了过去。没想到一脚刚踩到沙子里，就突然停住了，而且还一脸难受的表情，再也不肯往前走。从来没有在沙里走过路的他，对于沙子灌到鞋里还很不习惯，而且觉得沙子把自己漂亮的凉鞋给弄脏了。我费了半天口舌，终于说服他脱掉鞋子赤脚在沙里走，而且告

诉他鞋子上的沙可以回去以后用水冲干净，他才战战兢兢地拉着我们走到了离海比较近的地方。不过，拍打沙滩的海浪又让他非常紧张，不仅自己坚决不往有水的地方走，就连我和老公走到水边他都急得又哭又叫！小Y在海边第一天的反应实在是大大出乎我和老公的意料！

第二天，我们又专门驱车去了当地比较著名的沙滩。这一次小Y比前一天镇静了一点，愿意在沙里走了，但是依然不肯靠近海水。老公开始带着小Y在沙滩上玩，修城堡，盖房子，还挖洞把两个人的脚埋起来。在爸爸的带领下，小Y很快就开心得又叫又笑了，头一天的紧张一扫而光。

父子两个玩得很开心，我就悠闲地在旁边晒晒太阳吃吃东西。

　　恰好有人在玩海上降落伞，这是一个我一直想试试却总也没有找到合适机会的活动。老公对我说，你没什么事正好去玩一下呀！虽然我嚷嚷着要玩这个东西已经很久了，但我其实是有一点恐高的。真正说要去玩了，心里又打起了退堂鼓。我跟老公说：算了，我不想去了！老公好像看穿了我的心思，对我说：怕什么呀！你总要给儿子做个勇敢的榜样吧！他这一句话真是切中要害，因为我们头一天刚讨论了怎么帮小Y克服对海的恐惧，我真是硬着头皮也必须要上了。于是我穿上救生衣，登上快艇，绑好降落伞，在小Y的目送下出发了。

　　我随着降落伞越飞越高，俯瞰Lagos绵延海岸线，整个世界突然变得极为宁静了。我看不见沙滩上的小Y，但我相信他一定正目不转睛地看着我。回到沙滩上之后，我刚下船，就看见一个小小的身影从远处向我飞奔而来。小Y大叫着妈妈冲到我面前，紧紧地抱着我说：妈妈你好勇敢！他的这句话，让我觉得自己所有的紧张和不安都变得非常值得了。我告诉小Y，如果他敢走到海水里，就可以和我刚才一样坐船出海。如果他能像妈妈一样勇敢，以后也可以跟着降落伞飞上天。那天我们离开沙滩时，老公指着沙滩上的一艘小船问小Y，明天要不要坐船出海。小Y肯定地说：要的！我又对他说：坐船是要先踩到海水里，才能爬上船的哦！他又肯定地点点头说：好！

第三天，我们一大早就带着小Y到了海边，租了船，准备出海。老公先把船从沙滩上推到海水比较浅的地方，我拉着小Y走到水里慢慢向船靠近。和第一天时截然不同的是，小Y一点也没有害怕和惊慌，非常镇定地跟着我踩着水一直走到船边，然后在爸爸的帮助下爬上了船。上船之后，小Y兴奋极了，坐在我和老公中间，亲自操纵方向盘，得意洋洋地认为是他自己开着船带爸爸妈妈出海了！下船之后，小Y又自己踩着水跑回到了沙滩上，一点也没有再对海浪感到害怕！他快乐地又蹦又跳着对我说：妈妈我会开船了，我可以在海里开船了。

这次旅行之后，小Y经常在家里过家家玩开船的游戏，让我们所有的人都坐他的船去葡萄牙。他不再害怕海浪了，而且无论去哪里旅行都会问我有没有沙滩可以玩沙。就连上游泳课他也更加积极了，因为想要等学会了游泳去开更大的船。其实，孩子的胆量和勇气，真的就是在这一点一滴中慢慢锻炼出来的！

189

2岁7个月，走进故事中的城堡

　　从小Y两岁左右，我们开始每天给他讲一些简单的绘本。起初他似乎对翻书比故事本身更感兴趣，但在不知不觉之间，他越来越喜欢听我们给他讲故事了。不仅每天睡觉前要听故事，而且早上起来第一件事，也是抱着一堆书跑到我们房间，爬上我们的床，要求我们给他讲故事。到了小Y两岁半左右，他居然开始为了听故事，主动放弃看最喜欢的*Peppa Pig*动画片，手机iPad这些电子产品摆在面前，也连正眼都不看一眼。有一天，我突然意识到小Y已经很长时间没有看过电视了，主动打开让他看，他却很不领情地强烈要求我把电视关了。

　　图书的世界，带给了小Y无限的乐趣，为他打开了窥探更广阔世界的窗口，同时也让他产生了许多疑问。几乎每一次讲故事，他都会一边听一边问各种问题。2013年，英国迎来了几十年一遇的炎热夏天。我们正盘算着找个地方避避暑度个假，小Y恰好在听故事时指着一本书上的城堡问我：妈妈，城堡里面有什么？他的这个问题，让我们萌发了找个城堡带他去住几天的念头，让他亲眼看一看

城堡里面到底有什么。恰好离伦敦不远的肯特郡，就有一座号称是世界上最可爱城堡的Leeds Castle，这成了我们带小Y进行的一次最短途的旅行。

　　小Y对于能去真正的城堡兴奋不已，出发那天一大早，硬是要把自己的行李箱带去幼儿园，骄傲地向老师同学宣布自己放学以后就要跟爸爸妈妈去真正的castle了。当夕阳映衬下的利兹城堡终于出现在我们眼前时，小Y突然问我："妈妈，旗子在哪里？"我不太明白他为什么这么问，就随口回答说："大概没有吧！"小Y很认真地对我说："有的，书上的城堡上面有旗子的！"我正发愁不知

道该怎么解释时，小Y突然大叫起来："啊，我看到旗子啦，城堡有旗子呀！"我顺着他手指的方向看过去，在城堡的最顶端，真的有一面小旗子在晚风中轻轻飘动！

推开有900多年历史的古堡大门，小Y睁大眼睛，好奇地打量着里面的一切。城堡里有古老的楼梯，斑驳的壁炉，高高的窗台上是厚重的木板，屋顶上还有精美的壁画。那一刻，一路上叽叽喳喳的小Y突然变得格外安静，虽然他什么也没有对我说，但我相信，对于"城堡里面有什么"这个问题，他已经自己找到了答案。

利兹城堡除了古堡本身之外，还坐拥占地500多英亩的大园林，

里面不仅有山有湖有花园，还有用树丛精心搭建成的迷宫，以及孔雀、黑天鹅、松鼠等种类繁多的野生动物。每天早上我们和孔雀共进早餐，每天傍晚又带着面包去湖边喂天鹅，就连复杂的迷宫也被我们走得熟门熟路了。这次短暂的古堡行之后，小Y对城堡的认识已经远远不再是"一座大房子"那么简单。我们再给小Y讲关于古堡的故事时，他总是会很得意地指着书对我说：我去过castle啊，里面有旗子啊、迷宫啊、孔雀啊，很好玩呀！

这次旅行对小Y的另一个明显的影响是，他开始意识到书上画的地方，其实都是可以亲自去看一看的。当他从*Harry and His*

*Bucket Full of Dinosaurs*里读到了小主人公Harry去澳大利亚度假的故事时，立刻就要求我们也带他去澳大利亚。当他从圣诞故事里知道了圣诞老人的驯鹿之后，也马上提出自己还没有看到过reindeer，希望能去North Pole圣诞老人的家。他甚至开始自己翻看报纸杂志，还有我们偶尔带回家的旅行社宣传资料，看到自己喜欢的图片就问我们：这里是哪里？那里有什么？我什么时候可以去？他不仅要求去有大象和长颈鹿的非洲、有漂亮海滩的南美洲，有一次居然还提出要坐船去南极看企鹅。他甚至还因为一本书，主动要求我们带他去看牙医检查自己的牙齿，而且全程兴高采烈完全没有害怕哭闹，让我们在心里暗自窃喜。

中国古语说：读万卷书，行万里路，这句话即使放在一个两岁多的孩子身上，也是有许多实际意义的。书籍可以帮助孩子认识新鲜事物，而真实的体验则可以提供更多丰富生动的细节。对于抽象思维能力还不强，又满脑子都是"为什么"的三岁左右的孩子来说，让旅行成为沟通书本与现实生活的桥梁，又何尝不是在增强他们对阅读的兴趣，培养他们有问题自己寻找答案的习惯呢？

2岁8个月，在伊斯坦布尔被强吻

在带着小Y去过欧美不少相对成熟的旅行目的地之后，我们开始考虑把足迹延伸到一些更具挑战性的地方。恰好土耳其开放了电子签证，我们就把目的地选在了跨越欧亚大陆的城市伊斯坦布尔。八月的伊斯坦布尔白天气温高达30度，这也是我们第一次带小Y在比较炎热的天气旅行。

小Y的徒步能力那时候已经相当不错了，加上伊斯坦布尔古城区的地势高低起伏，所以到达伊斯坦布尔的第二天，我们就带着他步行去酒店附近的蓝色清真寺。路过一家小店时，站在门口的店主人一边笑着冲我们打招呼，一边俯下身热情地在小Y的脸上摸了一下。原本蹦蹦跳跳很高兴的小Y有些不情愿地别过了脸。虽然我知道小Y一直不太喜欢陌生人跟自己太亲近，但是这位土耳其叔叔动作实在太快，我也只好无奈地冲他耸耸肩。没想到，这个叔叔并不是唯一对小Y热烈表达喜爱的人，从酒店到清真寺最多十分钟的路程，小Y居然就连续被三个人摸了脸。

小Y对清真寺没什么太大兴趣，所以转了一圈之后，我就带他

提前出来在门口的广场上买冰淇淋吃。刚买好冰淇淋还没有吃，就有四五个人兴奋地向我们跑过来，示意我想和小Y合影。别人的热情我也不好拒绝，所以就让小Y去跟叔叔阿姨一起照个相。没想到，第一个来合影的阿姨刚蹲下来，就双手捧着小Y的脸左右各狠狠地亲了一口。不仅小Y没反应过来，连我都大吃一惊。更让我惊讶的是接下来的两个叔叔，都是五大三粗的壮汉，也亲热地对小Y又搂又抱又亲。那几个人走开之后，小Y愣在一边不知所措地看着我，我只好赶忙安慰他说这些叔叔阿姨只是非常喜欢他。我和小Y在广场上待了大约半小时，就至少有十个人过来要求和他合影，小Y无奈地被摸头捏脸无数次。到最后，我只好一看见有人向我们靠近，就赶快带着小Y闪开。

中午，因为天气比较热，我提前带小Y坐有轨电车回酒店睡午觉。车上人非常多，我只好抱着小Y挤上车。我上车之后还没站稳，突然就有五只手，从不同的角度齐刷刷地伸向了小Y的脸。其中一个人在摸了小Y的脸之后，还热情地把他的座位让给了我们。那一刻，我实在是哭笑不得，土耳其人对小朋友都是这么表达喜爱的吗？

不过，最让我无语的事还在后面。傍晚我们又带小Y外出时，特地带上了推车，希望这样可以保护他少受热情的"骚扰"。结果刚出门，我们就遇到了一群在路边休息的土耳其警察。其中的两个人立刻向小Y迎了过来，不仅蹲下来摸小Y的脸，有一个人还主动把自己的配枪亮出来给小Y看。我当时真是惊了一身冷汗，心想这枪里可千万不要有子弹啊！

一整天下来，因为发生的次数实在太多，连我都无法接受陌生人对小Y过分热情了。虽然我理解这些举动只是土耳其人表达感情的方式而已，也一直跟小Y解释叔叔阿姨是因为喜欢他才这么做，但我还是觉得在这件事上应该完全尊重小Y个人的意愿。所以我开始尽量帮助小Y躲闪那些想和他亲近的陌生人，也教小Y该怎样回避。小Y很快就掌握了"要领"，每次成功避开一个人，就一脸得意地回头冲别人笑一笑。这居然演变成了他在土耳其期间乐此不疲的游戏。

现在回想起来，这其实是一次非常不错的特殊经历。生活在英国的小Y，习惯了欧美社会待人接物的方式，体验一下土耳其不一样的风土人情，也正是我们带他到不同国家旅行的目的。后来，我们再带小Y去摩洛哥旅行时，遇到特别热情的叔叔阿姨，小Y就应对得老练多了。和别人击掌、握手、偶尔让人摸摸脸，他都可以接受了。的确

不愿意时，也不再只知道向我求助，而是一脸坏笑地扭头跑开。我想，不仅是孩子，包括我们成年人，对待不同文化风俗的包容性，也就是这样在旅行中逐渐建立起来的吧！

2岁8个月，不喜欢该怎么办

　　位于欧亚之间的伊斯坦布尔是一个充满特色的城市，我和老公对她可以说向往已久。那里有不计其数的清真寺、教堂、宫廷园林，无不充满历史交融和文化碰撞的烙印。但是，才两岁多的小Y对这些东西基本上没有什么兴趣。所以出发前，我花了不少力气在行程安排上，尽量把小Y喜欢和不喜欢的活动穿插着进行。

　　去皇家园林时，我们特地带上了小Y最喜欢的野餐布，他没兴趣四处参观时，我就陪他在海边的草地上一边野餐一边看海上来往的船只。去教堂时，小Y对墙上惟妙惟肖的壁画视而不见，却对在院子里晒太阳的小猫情有独钟，老公就陪他逐个把每一只小猫都抚摸了一遍。不过，由于伊斯坦布尔人口众多，一些景点的亲子设施也不尽完善，整个旅途中，还是难免会有小Y表示"不喜欢"的时候。

　　我们去参观伊斯坦布尔著名的新王宫时，正是大中午，天气格外炎热。那是伊斯坦布尔非常著名的一个景点，游客格外多，在火

辣辣的太阳底下排起了长队。而且为了保护王宫内的陈设，所有的婴儿车都是不得入内的，每一位游客还必须穿上鞋套。更要命的是游客入内之后完全不能自由行动，必须跟着指定的导游组团参观。这样的规定，对我们这样带着孩子的家长来说是非常不方便的。因为如果孩子没兴趣，或者睡着了，我们还是得跟在导游后面听他慢慢讲解。

　　新王宫临海而建，不仅有一个又大又漂亮的庭院，还可以看到海上来往的船只，这让小Y格外喜欢。但是当我们准备进入王宫内部参观时，小Y却坚决不愿意了，因为他一直不喜欢去人多又封闭的地方。如果是一般的景点，我可能会尊重小Y的感受，轮流和老公入内参观，或者干脆放弃参观内部。偏偏这个景点太著名，我真的很想进去看看，而且因为游客太多，我和老公分头行动时间上又会来不及。所以我只能不顾小Y的连声抗议，抱着他加入了等待入内的人群。所有的人都挤在入口处一个不大的空间里，又热又闷，非常不舒服，小孩哭闹的声音此起彼伏。被我抱着的小Y不断地对我说，妈妈我不想进去，我不喜欢这里。从小声要求到大喊大叫到最后终于大哭了起来。我想方设法左哄右劝了半天之后，小Y依然不买账。无奈之下，我开始简单地对小Y重复一句话：妈妈喜欢这里，妈妈想进去看看。于是，小Y说一遍他不喜欢不进去，我说一遍我喜欢要进去，反反复复僵持了好一会儿。突然，小Y停止了哭闹对我说：妈妈进去看，我不看，我陪妈妈进去，我不生妈妈气！

他突然说出这么"懂事"的话，很让我有些意外，心里甚至隐隐掠过几分歉意，但更多的却是高兴。在我和小Y僵持的过程中，我只是告诉了他我的感受，把我和他的"矛盾"摆在了他的面前，却没有对如何解决这个矛盾提出任何建议。而小Y居然主动说出了化解这个矛盾的方法，顾及我的感受，没有一味地以他自己为中心。他似乎意识到，除了我们陪他做他喜欢的事情之外，有时候他也需要陪我们做一些我们喜欢的事情。这个小插曲让我觉得，小Y可能已经具备了一些初步的自我情绪控制能力。

我们乘坐有轨电车回酒店时，因为车上的人太多，小Y只能和我们一样在人挤人的车上抓着扶手站着。他平时跟我们乘坐公共交通工具外出，一般都是坐自己的推车，或者有人给我们让座，所以

对于自己没有座位感到难以接受，带着哭腔对我说：妈妈我要坐着。我故意问他说：我知道你想坐着，但是现在车上没有空位了，怎么办呢？如同在新王宫里一样，我和小Y各自把自己的话重复了很多遍，小Y终于说：那我就hold on tight（抓紧扶手），等下次再坐着。他又一次完全依靠自己找到了控制自己情绪的方法。

当成年人遇到不如意或者不喜欢的情况时，通常可以自然而然地化解自己的负面情绪。但是对于两三岁的孩子来说，这还是一种需要逐步建立的能力。平时，由于我们家里通常都有四个大人，小Y的要求往往能很快得到满足，这对于他学习控制自己的情绪并不是好事，很容易养成他以自我为中心的习惯。也许在带孩子旅行的过程中，不要把行程安排得太周到，偶尔让他们被迫做一些不想做不喜欢的事情，也不失为锻炼他们情绪控制能力的方法吧！

2岁8个月，让孩子讲自己的故事

　　小Y跟我们去土耳其前，他的中文已经非常流利了，而且在讲中文的环境里，即使是面对初次见面的陌生人，也会像个话痨一样说个不停。但是在幼儿园里，虽然他跟老师同学早就非常熟悉，老师说的英文他也完全听得懂，但他却很少主动和大家进行语言上的交流。即使偶尔为之，声音也小得几乎听不见。为了让小Y学好中文，我们原本一直是坚持不和他讲任何英文的，把学英语的事儿全部交给了幼儿园。但我们逐渐觉得，在幼儿园缺少用英语与人交流的自信，可能会对他社交能力和个性发展产生不利的影响，所以我们开始有意识地鼓励他用英语与人交流。

　　小Y平时上幼儿园原本都是由爷爷奶奶或者外公外婆接送，几位老人家都不懂英文，所以接送小Y时和老师基本没有任何交流。所以我开始每周至少抽出一天亲自去接送他，故意当着他的面多和老师聊天。而且因为小Y特别喜欢唱歌，我还鼓励他每周准备一首歌，在我去接他的那天大声唱给老师听。而最能激起小Y和老师交流的欲望的，是当他做了什么特别喜欢或者特别骄傲的事情，比如

自己在周末游泳课上勇敢地跳水了，或者去了农场摘苹果。而喜欢旅行的小Y，最乐意告诉老师的事当然是自己又去哪里度假了。

去伊斯坦布尔之前，我就让小Y告诉了老师他马上要去土耳其holiday了，老师也叮嘱他回来一定要把在假期里做了什么讲给她听。所以在这次旅行中，我故意帮小Y准备了一些值得向老师同学"炫耀"的素材。比如伊斯坦布尔附近有一个小岛叫王子岛，景色虽然并不算特别出众，我们还是专门抽出了大半天的时间带小Y坐船去玩了一次。在去王子岛之前，我故意告诉他我们要去的地方是"海盗岛"。他那个年龄的小男孩几乎都对海盗故事非常着迷，所以一听说能去"海盗岛"就兴奋不已。到了岛上之后，我们又找了一个巴掌大的小海滩，带着小Y在沙滩上东挖挖西敲敲，美其名曰是在寻找海盗的宝藏。回到伦敦之后，这段被我故意策划出来的经历果然成了小Y最乐意向人炫耀的资本，他不仅大方地把这段故事告诉了幼儿园的老师和同学，而且在那之后的很长一段时间里，见到任何人不出三句话就会主动说：我去过土耳其的海盗岛。

在这次旅行中，因为土耳其人对小孩非常热情，我们也很自然地找到了很多鼓励小Y用英语与人交流的机会。我们到伊斯坦布尔的第一天，刚到酒店登记入住时，大堂经理就立刻抓了一把糖塞到小Y手里。小Y平时在家基本上是没有什么机会吃糖的，所以简直受宠若惊。第二天早上，我们又碰到了那位经理，他热情地冲小Y打招呼叫他再过去拿糖。我们连忙鼓励小Y大声地跟叔叔说"Good morning"和"Thank you"。糖果的吸引力果然是巨大的，小Y真的声音响亮地向那位叔叔问了好。另外一次，我们在一家餐厅吃晚餐，餐厅老板非常喜欢小Y，在饭后送给了他一个巨大的水果拼盘，还把饭店水池里养的小乌龟捞出来给他玩。我们第二次再去时，小Y从一进门开始就巴巴地盼望着餐厅叔叔送水果给他。于是我们干脆鼓励他自己去问叔叔，吃完饭以后有没有水果。这个家伙为了吃的果然什么矜持都不要了，操着英语就和老板聊起来。在土耳其的几天下来，小Y对于用英语和别人交流变得自信多了。在回伦敦的飞机上，他还主动提出要自己告诉空姐阿姨想吃什么午餐和饮料，而这个"壮举"也被他迫不及待地告诉了幼儿园的老师。

从土耳其旅行回来之后不久，幼儿园的老师就高兴地告诉我，小Y说的英语越来越多了，而且有不少是清楚完整的句子。其实，从小Y一岁多刚开始说中文时我就发现，他特别愿意和别人分享自己在旅行中的有趣经历，即使是在话都还说不太清楚的时候，也会连比带画地直到我们理解为止。因为都是他印象深刻的亲身经历，所以几乎不需要我们任何的引导。小Y在英语交流上的显著进步让我更加相信，旅行经历是鼓励他表达自己的最好素材。这和听大人讲故事然后重复出来不一样，完全是孩子主动的行为，而不是对大人描述的被动重复。因此，它的作用不仅仅体现在锻炼孩子的语言能力上，更对孩子学习表达自己的情绪很有益处。

2岁11个月，从非洲开始的鼓之梦

　　非洲原本并不在小Y三岁以前的旅行计划之中，主要因为去那里的许多地方都需要注射多种旅行疫苗，而并不是所有的疫苗都适合三岁以下的小孩。但是我和老公计划去北非摩洛哥二人世界几天的打算被小Y知道以后，他立刻强烈要求要跟我们一起去。其实他根本不知道非洲在哪里究竟有什么，而且我还吓唬他去非洲是要打针的。没想到他毫不犹豫地表示自己不怕痛愿意打针，而且主动保证自己一定好好吃饭，好好睡觉，好好上幼儿园，只要可以跟爸爸妈妈一起去非洲。我和老公最终实在没办法狠下心把小Y留在家里自己出去玩，所以临时改机票、改酒店把这次旅行变成了一次最简单的海滩度假。既满足小Y去非洲的愿望，又不让缺少完善疫苗保护的他面临太多健康上的风险。而小Y也没有食言，打疫苗针时真的是强忍住了在眼眶里打转的眼泪没有让它掉下来。

　　到达摩洛哥Agadir之后，我们意外地发现自己选择了一个非常错误的时间来旅行。当地白天的气温虽然有20度左右，但海风非常猛烈，不要说下海游泳，就连在沙滩上晒太阳都不行。面对空无一

人的海滩，我和老公都有些失望，小Y的兴致却丝毫不减，穿着风衣戴着帽子照样拉着我们去沙滩上捡贝壳。因为海浪很大，一开始我只带着小Y站在离水比较远的地方找贝壳，结果几乎一无所获。他突然抬起头对我说：妈妈，这里没有贝壳，我们要走到有水的地方才会有贝壳，贝壳是被水冲到沙滩上的！这句话其实是我们半年前去葡萄牙时告诉他的，没想到过了这么久他居然还牢牢地记得。

因为天气不佳，我们几乎无法安排任何外出的活动，只好带着小Y泡酒店。虽然小Y也玩得很开心，但我心里还是有些遗憾，毕竟带他来了一趟非洲，却没体会到什么非洲的特色。我们原本还想带小Y去骑骆驼，结果他连骆驼的影子都没有看见。就在我们要离

开摩洛哥的前一天，我们所住的酒店里突然热闹起来，一大早就有人开始热火朝天地搭建舞台。到了傍晚我们才知道，晚上会有摩洛哥风格的音乐会。小Y几乎一整天都对那个舞台很好奇，还自己悄悄爬上去看了看。吃过晚饭，演出终于开始了，他迫不及待地拉着我坐到了舞台边。四位身穿民族服装的演员，演奏起了摩洛哥风格的音乐，富有动感的非洲鼓点尤其引人入胜。小Y还从来没有听过真正的音乐会，我原本以为他看一会儿就会觉得无聊，结果他却越看越兴奋，不断地跟着鼓点摇头晃脑，极为投入地听了快一个小时。这时候，有一些打扮成当地土著的演员登上了舞台，夸张的妆容让他感到很害怕，立刻要求我带他回房间。我带着他上了楼往房间走，但动感的音乐依然从身后传来。小Y突然停住了脚步对我说，妈妈我们回房间叫爸爸一起去看打鼓吧。原来这家伙虽然有点害怕，但还是很想看打鼓，所以决定拉上在房间里看球赛的爸爸壮胆。结果那个晚上，小Y看完了整整两个多小时的演出，对于舞台上的非洲鼓完全入了迷。

回到伦敦之后，小Y开始在家里摆开阵势自己进行演出，经常把家里的板凳桌子当成鼓，噼里啪啦地敲。不久之后，各种热闹的圣诞庆祝活动开始了，小Y也迎来了和圣诞老人亲密接触的机会。当圣诞老人问他圣诞节想要什么礼物时，他竟然不假思索地回答说想要一个drum。他还给圣诞老人写了一封信，虽然不会写字，但画了一个圈表示鼓，郑重其事地把信投到邮筒里寄给了圣诞老人。此后的几个星期里，小Y一直眼巴巴地盼望着圣诞老人给他送鼓来，而且对于我们的各种要求几乎是言听计从，生怕表现不好礼物就泡汤了。

我们实在没有料到，一次短暂的非洲之行，竟然开启了小Y对鼓的无限热情。后来，我们正式带小Y去听了一场音乐会，他一眼就看到了舞台上的架子鼓。只要鼓声一响，就立刻兴奋得手舞足蹈。那时候还不到三岁的他，不仅全神贯注地坐满了两小时，而且还因此又认识了许多新的乐器。在我们周围，学习乐器的孩子很多，想让孩子学乐器的父母更多。但是，在让孩子正式开始学习乐器之前，更重要的或许应该是让他们多接触不同风格类型的音乐吧。

3岁，马耳他之十万个为什么

2013年圣诞，我们带着小Y去了欧洲岛国马耳他。刚好满三岁的他已经俨然一个大孩子，见到人总是骄傲地宣布自己已经三岁了。已经认识了一些数字的小Y，在飞机场自告奋勇地帮我们找登机口和取行李的转盘，在酒店里每次进出房间都要把左邻右舍的房间号挨个认一遍。他也认识了不少的英语字母，所以我们每次停车时总是会激动地帮爸爸找写着"P for Parking"的停车场。对于刚刚开始学习数字和文字的孩子来说，可以"学以致用"绝对是一件非常有成就感的事情。

那时候，小Y已经和大多数同龄的孩子一样，变成了一个不折不扣的"十万个为什么"，对见到的一切都充满好奇和疑问。因此，我们这一路上变得空前的热闹。只要小Y醒着，他就几乎没有一秒钟是安静的。虽然我们已经带着小Y进行过很多次旅行，但我其实很少能知道他究竟在旅行中观察到了什么。但这次旅行，滔滔不绝的他终于让我了解到了旅途中的所见所闻在他的小脑瓜里究竟产生着怎样光怪陆离的碰撞。

　　在马耳他，船几乎是无处不在的，喜欢船的小Y关于船的问题更是层出不穷。当我们对马耳他特有的五彩渔船赞不绝口时，他问我们为什么这些船的绳子都连着水面上一个圆圆的东西（浮标）。当我们叫他看货轮搬运集装箱时，他问我们他寄给外公外婆的信在不在船上；当我们偶遇一艘海上救援船时，他立刻说这个船为什么和救护车一样顶上有个转转的灯；当我们带他坐渡轮去马耳他的Gozo岛时，他又说爸爸你怎么把我们的汽车开到船的肚子里啦！有一天，我们带小Y去坐环港游船，这种游船从平静的Sliema港口出发，绕行到首都Valletta附近再返回，途中要经过一小段港口外围的海域。因为冬天的地中海风浪比较大，所以从港口驶入外海时，游船摇晃得特别厉害，小Y紧张得一声不响。老公对他说，船总是跟着海水晃动的，港口外面的风浪比较大，所以船也比较晃。小Y于是问道：那如果船不跟着海水晃会怎么样呢？老公愣了一下才回答说：嗯，如果那样的话，水大概就会进到船里去。那天晚上洗澡时，小Y把他的一艘玩具船放到浴缸里对我说：妈妈，爸爸说的船如果不跟着海水动，水大概就会进到船里，我们试一下会不会吧！他一只手扶着船，一只手故意在浴缸里拍打出水花，直到他的小船真的因为进水太多沉了下去，才满意地说：爸爸说的是对的哦！原来孩子在旅途中真的很忙，他们可以说是一刻不停地在观察在思考啊！

其实，旅途见闻在孩子心目中引发的思考，是绝对不会因为旅行的结束而结束的。在我们家里有一个天平，是用来帮助孩子学习数字大小关系的玩具，但小Y几乎从来也没有对这个玩具产生过任何兴趣。在马耳他的露天集市上，我们偶然看到有摊贩用传统的天平称点心。以前只在超市里见过电子秤的小Y，仿佛一下子弄明白了天平的真实用途，回到家居然主动把自己遗忘已久的天平玩具翻了出来，而且迅速理解了数字大小以及平衡的概念。我们在马耳他带小Y去了一次当地的玻璃手工作坊，他在那里看到了被烧得火红的玻璃在叔叔手里三两下就变成一朵漂亮的小花，或者一个可爱的小兔。于是，"玻璃"在小Y心目中成了特别神奇的东西，回家以后他时不时地就会拿起一样东西问我们：这个是不是玻璃的？

三岁是一个有趣的年纪，孩子们的问题会多得让父母应接不暇，却也给了我们很多了解他们内心世界的机会。在这个时候带着孩子去旅行，他们几乎无时无刻不在挑战着父母的耐心和智慧，但随之而来的乐趣也大大增加了。我想，鼓励和保护小Y简单纯粹的好奇心和求知欲，将要从此成为我们在旅途中的一个永恒主题了。

3岁，太好喽汽车抛锚了

初到马耳他时，我们在机场租了一辆车。小Y是第一次明白租车是怎么回事，饶有兴趣地看着我们办手续，临上车时还不忘告诉租车公司的叔叔：我们过几天就把车给你还回来哦。

第一天，我们隐约发现车里偶尔会有一股淡淡的焦味，但因为味道时有时无，所以也没太在意。接下来的几天里，除了上坡时速度有些提不起来之外，那辆车似乎也没有什么明显的问题。到了第四天，我们一大早便出了门，先带小Y去了海洋馆，然后继续驱车前往马耳他著名的景点之一Blue Grotto。这两个地方相距大约40分钟的车程，几乎需要横穿整个马耳他岛。我们从海洋馆开出去不久，车上突然又开始出现了焦味，而且味道还变得越来越重。老公觉得情况有些不妙，赶紧在马路边把车停了下来！休息了一会儿之后，他又试着把车往前开了开，这下不仅仅是有焦味，而且车的速度也变得非常慢，根本没有办法继续再开了。这其实是我们第一次在旅行中遇到车子坏在路上的情况，老公显得颇有些恼火，绷着脸开始给道路救援中心打电话。

　　我的心里也不由得紧张起来，各种各样的念头都接二连三地蹦了出来。车子会不会突然起火甚至爆炸？我是不是该带着小Y马上下车？万一救援中心要好几个小时才能来，小Y会不会因为被困在车上而不耐烦？

　　我们三个人里最冷静的大概是小Y，他好奇地问我：爸爸为什么不开车了？我只好尽量轻描淡写地告诉他，我们的车子可能坏了。没想到小Y一听说车子坏了，居然立刻欢呼了起来：Hooray，我们的车子break down喽！他的反应让我很有些意外，大概只有孩子才会在遇到这种事情还这么高兴吧。小Y接着问我：爸爸是在给Mr Bull打电话吗？Mr Bull是不是要来给我们修车了？哇太好了，我今天可以见到Mr Bull了！我这才想起，他最喜欢的*Peppa Pig*故事里，有一集讲的就是Daddy Pig的车坏了，被送去Mr Bull那里修！他这么兴奋，原来是因为书上读到的有趣故事，在今天终于要成为现实了！

道路救援的电话很快打通了，他们也表示立刻会派车过来。但是我们的车坏在了一个前不着村后不着店的地方，周围没有任何明显的参照物，所以我们只能给救援人员提供一个非常模糊的大致位置，他们什么时候能找到我们还是个未知数。我隐约记得几分钟前似乎经过了一个公车站，于是打算往回走走看能不能找得到。一来可以给救援车提供一个更准确的定位，二来万一要是实在没人来救我们，也可以想办法坐公车回酒店。我原本打算自己一个人去，但小Y听说之后，立刻主动要求跟我一起去。结果，那个感觉不算远的公车站走起来却有相当的距离，我们来回一共用了将近一个小时。一路上小Y不仅没有要求我抱，还蹦蹦跳跳的一脸兴奋，因为他觉得自己在完成一件特别重要的任务——帮助Mr Bull找到我们的车。

在我们提供了更具体的方位之后，道路救援的车很快就到了。小Y睁大了眼睛看着他梦想中的Mr Bull从车上走下来，无比崇拜地看着叔叔把运过来的新车从救援车上放下来，又把我们坏了的车接到救援车上准备拖走。看着叔叔有条不紊地忙碌着，小Y悄声对我说：妈妈，我告诉你，叔叔一会儿会用绳子把车绑起来拖走，Daddy Pig的车就是这么被拖走的。这位Mr Bull虽然和动画片里的样子有些出入，但他已经完全满足小Y的所有想象。当叔叔快要离开时，小Y主动走到他面前握手告别，那神情就如同小粉丝见到大明星一般。他一直目送着救援车离开，而且此后一直为自己这段傲人的经历而兴奋不已。

我们带小Y一起旅行以来，一直都把周到细致的准备工作看得很重要，不希望出现任何意料之外的状况。没想到不知不觉之间，小Y已经具备了和我们一起应对突发事件的能力，甚至比我们更能对这些旅途中的小插曲淡然处之。孩子的世界真是太单纯了，一件原本让人非常着急上火的事情，在小Y眼里却是新奇又有趣的。而对他来说，旅途中任何不同寻常的见闻，无论好坏，应该都可以算是丰富了自己的阅历吧！

3岁，让我们一起把地图填满

　　在预订马耳他的住宿时，我照例要求酒店帮小Y准备了一张婴儿床。虽然婴儿床通常是供两岁以下的孩子使用的，但我一直以来都还是凑合着把他硬塞进去。到达马耳他的第一天晚上，我终于发现婴儿床对于小Y来说已经无论如何都太小了，即使头顶着床脚也伸不直，稍微一动就会被弄醒。于是我们只好大半夜爬起来，给他临时在沙发上铺了一个新窝。看着在沙发上熟睡的小Y，我突然想到我们第一次带他旅行时，因为两个月大的他太软太小，连酒店提供的婴儿床都不敢让他睡，只能每天晚上睡在他自己的推车里。在过去三年里的每一次旅行中，总是会有一些小细节让我们发现，他又比上一次旅行长大了一点。而这一次，小Y再一次用告别婴儿床的方式提醒我们：他长大了！

　　我们带小Y去马耳他主岛的最高点时，天气非常不好，大风吹得人几乎站不稳。当我们沿着悬崖边走边看风景时，我紧紧地抓着小Y的手怕他摔倒。没想到他却反过来安慰我说：妈妈，不用担心，我会小心的。因为风太大，我一直催促老公和小Y快点回到车子上，结果小Y又对我说：妈妈，吹风没有关系的，我戴着帽子，我不冷。一不小心，我竟然已经变成了一个对孩子过分保护的妈妈。

小Y一直不喜欢教堂之类的地方，每次我们去参观时都会吵着要出去。在马耳他时，我们去市中心参观当地的大教堂，小Y却颇为镇定地对我说：妈妈我走一圈看一下然后就在边上坐着，等你和爸爸看好了我们再去别的地方玩！从教堂出来时，门口正好停着一辆电动小火车，我和老公不约而同地看向对方，心想作为火车控的小Y肯定会吵着要坐小火车。果然小Y指着火车问我：妈妈我可以去坐火车吗？我回答说：我们还要去别的地方玩，可能没时间坐呀！小Y居然很冷静地说：那我们今天不坐，下次有时间再来，没有时间就算了。他这么"通情达理"的表现大大出乎我和老公的意料，感动得我们在离开马耳他之前，特地找时间带他去坐了一次小火车。

我们离开马耳他那天，在机场上遇到了好几个也带着小孩子回伦敦的家庭。小Y很自然地就和这些小孩产生了交流，不仅和一个同龄的孩子对上了歌，把玩具拿出来跟别人分享，还滔滔不绝地给大家讲自己在马耳他的经历。准备登机时，他更一本正经地招呼大家排队上飞机。周围的不少人都对我说，这个孩子好爱说话。他们不知道，小Y其实一直是一个有些害羞的孩子，两岁以前几乎从来不和陌生人说话。但是仿佛就在一夜之间，他开始向外面的世界敞开自己的心扉了，变得越来越活泼开朗。我们周围的许多朋友都对我们说，觉得小Y好像突然一下子长大了。

　　从出生到三岁，三年间，旅行对小Y产生的影响实在难以估计，有一些是我们能感觉到的，更多的则早已悄悄融入了他成长的每一个脚印。这三年，带着孩子一起旅行给我和老公带来的变化也是难以言表的，从最初的手忙脚乱到现在的乐在其中，我们从两个大孩子变成了更有耐心也更自信的父母。这三年，曾经对于我们带着小Y满世界乱跑不无担心的爷爷奶奶外公外婆，成了我们带他旅行最坚定的支持者。这三年，我们也认识了一大帮同样喜欢带着孩子远行的朋友，在带孩子旅行这条路上我们一点也不孤单。而这一切，对我们来说都是意外的收获，因为我们带小Y旅行的初衷是如此简单：我们是一家人，所以去哪里都要在一起。

　　这本书快要完稿时，我和老公正和许多伦敦的年轻父母一样，奔波于各个小学的开放日。人人都说国外的孩子学习压力小，伦敦

一些知名小学的入学录取率却只有百分之十。不仅三四岁的孩子会被全方位考察，就连家长也要参加正式的面试。我们所面对的，是和小Y三岁之前截然不同的新挑战。我很庆幸自己记录下了这几年我们和小Y一起走过的每一段旅程，重读这些文字就如同重温小Y长大的每一步，更是提醒我们勿忘自己为人父母的那份初心。我们永远不要为小Y设计他未来的人生，只希望能继续给予他尽可能广阔的平台和视野。而我们三个人共同的旅行，也一定还会单纯快乐毫不功利地继续下去。小Y生于欧洲，一岁时去了亚洲，两岁时去了北美，快到三岁时到了非洲，四岁时又终于实现了他想去澳洲的愿望。整个世界，如同一幅巨大的地图一般，正在小Y的面前徐徐展开。我们期待着和他一起，大手牵着小手，将世界地图慢慢填满。

小Y的足迹地图:

第五章

非典型育儿经

生活在英国，我的一些妈妈经。

做快乐的妈妈最重要

　　做妈妈之后，我越来越感到：育儿没有统一的标准，但是超越一切育儿理念与方法的首要前提，应该是我能不能做一个快乐的妈妈。

　　孩子是极为敏感的，父母的情绪会对他们产生非常直接的影响。我发现，我和我老公心情愉快时，就会对小Y更有耐心，而小Y也会因此变得格外快乐；反过来，我们心情烦躁时，小Y就会喜欢哭闹，甚至还可能因为我们疏于照顾而生病。过去这三年，我们之所以带小Y一起去旅行，其中一个重要的原因，就是旅行总是一次又一次把我们从焦头烂额的困惑纠结中解脱出来，帮助我们成了更快乐的爸爸妈妈。

　　怀孕时，我和我老公一起去医院上产前辅导课。医生告诉我们，因为荷尔蒙的作用，很多新妈妈都会出现不同程度的产后忧郁症状，称为 "baby blue"。小Y出生以后，我的情绪果然出现了很大的波动，很容易为一点小事发脾气或者掉眼泪。

　　小Y两个月时，恰逢中国春节，虽然英国还是寒冷的冬天，我

们却觉得实在有必要找个地方度个假，透透气。最终，我们把目的
地定在了英国南端的怀特岛。离开每天生活的环境，到陌生的地方
旅行，有着让人耳目一新的神奇力量。自从有了孩子之后，我经常
忙得到中午了才想起自己还没有洗脸刷牙，更不要说有精力化妆打
扮。但是在怀特岛，为了面对照相机镜头时不至于太邋遢，我两个
月来第一次考虑自己该怎么搭配衣服，甚至还翻出了被尘封了快半
年的化妆盒。当老公牵着我的手，站在山崖上远眺英吉利海峡时，
我突然有一种豁然开朗的感觉。我好像爬上了包围着我的由奶瓶和
尿布堆成的高山，猛然找到了被自己遗忘已久的外面的世界。因为
工作总是早出晚归，老公常常只能见到小Y睡着的样子，这次也终
于有机会和小Y朝夕相处了整整一周。他对小Y的状况更了解了，也

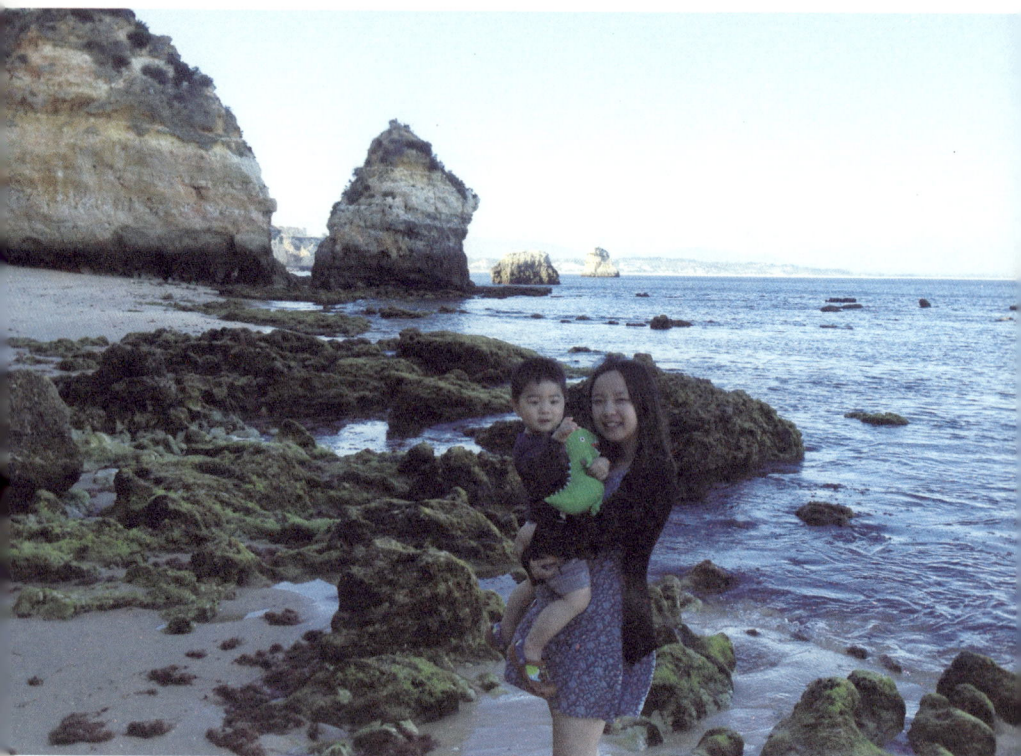

就更能理解我的种种困扰，我们沟通起来一下子变得容易了很多。小Y也给足了爸爸面子，在爸爸手中有史以来第一次不用抱着哄，自己躺在摇篮里睡着了。怀特岛之行成了我产后心情的一个转折点，我开始一点点在当妈妈和做自己之间找到了平衡。

　　小Y四个月时，我重新开始了全职工作，每周五天，每天工作时间超过十小时。一边工作一边做妈妈的生活，比我想象的要困难得多。虽然白天有小Y的外公外婆帮我照顾他，但是他吃喝拉撒睡的每一点小问题，依然时刻让在办公室里的我纠结牵挂。

　　我们在他七个月时带他去了一次巴黎，在那次旅途中，小Y强大的适应能力让我大为惊讶。他吃得好，睡得香，玩得开心，也没有生病，出发前我的种种担忧都显得极为多余。

　　我突然明白，不知不觉中，小Y已经长大了，不再是以前那个弱不禁风、丝毫不能出半点差错的小不点。把太多的注意力纠结在他吃了多少毫升奶、晚上睡觉醒了几次这些问题上，反而让我忽视了很多和他在一起的幸福瞬间。享受做妈妈的快乐，陪他一起无忧无虑地成长，也许才是对小Y最有益的做法。从那时起，我终于找到了一种舒服地做妈妈的状态，小Y好像突然变成了我生活中一个自然的组成部分，不再是原来那个需要我时刻神经紧绷认真面对的"课题"。

　　这两次经历之后，我开始经常提醒自己，要做一个快乐的妈妈。我有意识地抽时间去健身，去美容，去和朋友聚会。短暂的抽离，正是为了以更好的状态回来。更重要的是，三年间我们带着小Y一起度了十六次假，时间虽然有长有短，但每一次旅行都如同充电一般，让我的身心恢复到最佳状态。如果不是因为带着孩子同行，这么频繁出游，恐怕是既舍不得也不应该的吧。

　　陪伴孩子成长的过程是幸福的，但同时也是极为琐碎的。宝宝厌奶，不好好吃饭，晚上睡觉不踏实，快一岁了还不会爬，各种孩子成长过程中可能遇到的问题，都很容易让缺乏经验的妈妈们陷入不必要的纠结之中。这种时候，不如抽时间带上宝宝一起去远方走走，换一个看待孩子的角度，换一种陪伴孩子的心情。你或许会和我一样发现，孩子成长过程中的大多数问题，都会随着时间的推移自然而然地被解决。最要紧的是妈妈要保持一份乐观快乐的心情，宝宝才能更加健康快乐地成长。

不怕输在起跑线上

不知道从什么时候起，有人提出了"别让孩子输在起跑线上"这句口号，于是各种各样的幼教早教课程铺天盖地地席卷而来。我和我老公却认为，胎教、早教的作用，在商业利益的驱使下被过分夸大了。对孩子的早期教育，并不一定非要送他们去上多么昂贵的早教课。我们相信，最好的早教不在课堂上，而在日常生活中。

小Y三岁以前，我们几乎没有刻意教他任何东西。他两岁时，因为没人教，还不认识任何英语字母，也不会半个汉字。爷爷奶奶和外公外婆一度对此很担心，经常告诉我们别的小孩早就会背好多唐诗，认识二十六个英文字母了。但是，我们对此却一点也不着急。

我们觉得，孩子有他自己的成长节奏，与其揠苗助长地让孩子提前学这学那，不如带他多出去走走看看。我曾经研究过英国幼儿园对三岁以前孩子的培养指南。在多达七十条的详细指南中，超过三分之二是在身体素质、情感交流以及认知世界方面的目标，而数字、文学以及艺术类的要求还不到三分之一，其中文学方面的要求

更只有区区四条而已。实际上，在这个阶段，孩子还没有语义性记忆，提前教他文字符号这些抽象的东西，无非是让他们在不理解的情况下死记硬背而已。与其说是在培养孩子，不如说是在满足大人自己的虚荣心。而对于孩子体质、个性和习惯的培养，才是三岁以前的重点。等到小Y快要三岁时，突然主动表现出了对文字符号的兴趣。这时我们再开始教他数字和字母时，他毫不费力地很快就学会了。

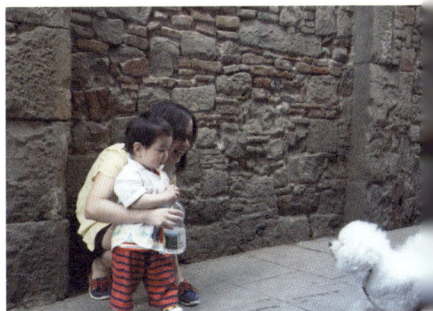

　　这三年，我们带着小Y去了很多地方旅行，平时的周末游更是

不计其数。在旅途中，他用自己的手摸，用自己的眼睛看，感受大千世界的一草一木。比如，因为旅行时经常跟着我们坐飞机，小Y一岁多时，就已经知道大的行李会被叔叔装到飞机肚子里，飞机起飞前，上飞机的梯子会被车子拖走，飞机的窗户是上下开而不是左右推，还有每个座位上的遥控器可以控制头顶小灯等等。这些细节，我们完全没有刻意引导他观察过，他就自然而然地注意到了，还主动连比带画地讲给我们听。

又比如，小Y两岁以前只去过一次动物园，但他经常在旅途中和我们一起喂松鼠喂鸽子，看马和羊在草地上悠闲地吃草，停下脚步跟遇到的每一只小狗、小猫打招呼。他不仅非常喜欢小动物，而且在他的心目中，动物是生活在大自然中可以亲密接触的好朋友。这正是我们希望帮助他建立的一种生活态度，善待动物，和动物平等相处。后来我们再带他去动物园时，他竟然因为动物被关在笼子里，趴在地上一动不动地不理他而急得伤心地哭了。

旅行，还让我们在游山玩水的同时，找到了不少锻炼小Y的机会。2007年冬天，我和老公去瑞士滑雪时，在火车站遇到过让我至今印象深刻的一家四口。那时我们正在站台上等火车，突然有一个三四岁左右的小男孩，拉着一个竖起来比他个头还高的大旅行包从我们面前走过。不仅是我们，当时在站台上等车的不少人都显得非常惊讶。我们四下一望，才发现原来男孩的父母和一个年纪稍微大一点的小女孩，都各自拖着个更大旅行箱走在前面。小男孩虽然力气小，走得慢掉在了后面，但他完全没有撒娇叫累，而是一脸认真地拉着自己的行李包，努力地追赶走在前面的父母。我当时就想，以后有了孩子也要这么养。

在跟随我们旅行的过程中，小Y几乎是从会走路起就自己背一个小包，后来更有了专属的行李箱。我们很少抱着他走，除了必要时坐推车以外，尽量让他多自己走路。遇到其他孩子时，我们会借机鼓励他勇敢地与陌生人交流。他也自然而然地养成了上车要排队、坐车要系安全带等习惯，而且在我们忘记时，他会一本正经地提醒我们。而这些，在不知不觉之间，已经满足了我们现阶段对他的全部要求：有自理能力，锻炼好身体，会与人相处，讲规矩懂礼貌。

人生是马拉松，不是百米冲刺，起跑快慢并不能决定什么。小Y三岁以前，我们只希望给他创造尽可能广阔的平台，让他一边自由痛快地玩，一边不断增加真实的生活体验和阅历。而旅行恰恰以一种非常自然轻松的方式，为小Y提供了亲身感受这个世界的丰富机会和广阔平台。

吃饭是一件快乐事

我的一些朋友常常抱怨自己的宝宝吃起饭来如同吃药一般困难，羡慕我们有小Y这样胃口好的吃货。其实我一直觉得，每个孩子都有自己的天性，睡觉踏实的也许吃饭费劲，吃饭痛快的也许睡觉磨人，总归会有让爸爸妈妈头痛抓狂的地方。接受他们的天性，也许比铆足了劲调教他们来得更重要。不过，回顾小Y三岁以前的喂养过程，我们的某些做法或许在不经意间促进了这个小"吃货"的养成。

首先是母乳喂养的问题。小Y在半岁以前一直是全母乳喂养，不仅没有添加任何辅食，甚至连水都没有额外喂过。小Y刚出生时饿得很快，家里的长辈纷纷质疑是不是母乳太稀不经饿，但我坚定地认为母乳不会是真正的原因。母乳是对孩子最好的天然食品，应该有足够的营养满足他在不同阶段发育的需求。查阅了一些资料以后我才发现，问题原来出在我把奶挤出来喂他上，挤奶其实是大有讲究的。母乳有前奶和后奶之分的，成分大有不同。如果每次挤奶没有彻底挤干净，或者喂的时候没有把吸附在奶瓶上的脂肪层摇

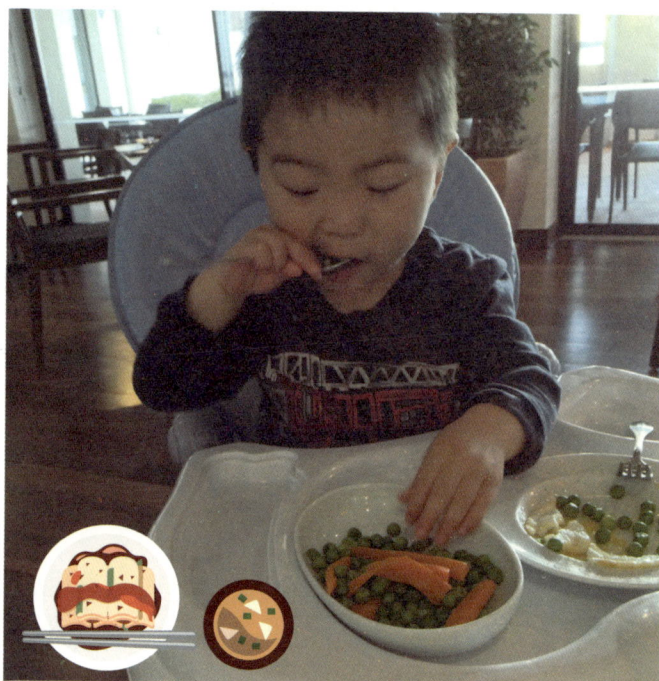

匀，小Y喝的奶脂肪含量就会不足，也就会更容易饿。

我们周围有很多朋友都是从4个月开始给孩子添加辅食的，许多育儿书上也这么建议，但是医生告诉我们最新的官方育儿指导是从半岁开始添加。在小Y半岁以前，不知道有多少次小Y的外公外婆劝我们早点给小Y添加米糊、鸡蛋或者果汁，都被我们拒绝了。我们希望给他更充足的时间，做好接受辅食的准备。开始添加辅食后，我们严格地坚持了每3天尝试一种新食物的原则，从米粉和胡萝卜开始，循序渐进。随着小Y对辅食适应能力逐渐提高，我们慢慢开始每天给他尝试一种新的食物，这样前前后后花了两个多月，才把日常经常食用的食物一一尝试完。但是我们直到他一岁才开始给他吃蛋白，因为这是一种非常容易引起过敏的食品。他的食物加工的方法很简单，就是蒸熟了直接打成泥，一岁以前没有放任何调味品，因为我们觉得保护他对食物天然味道的敏感度很重要。小Y的辅食添加得非常顺利，没有对任何食物产生抗拒或过敏，吃什么都吃得津津有味。

小Y从六个多月开始吃鸡肉泥，七个多月开始广泛尝试各种蔬果肉类及蛋黄，十个月左右开始食物只切丁不再打成泥，整只的香蕉、切片的苹果自己拿着随便啃。那时候帮我们照顾小Y的爷爷奶奶总是很担心，怕他太早吃肉，怕他消化不良，怕他食物过敏，怕他吃东西噎着。但我们以书为参考，相信小Y对食物的耐受力和咀嚼能力都已经准备好了，需要的只是我们大胆地给他一些锻炼和尝试的机会。事实证明，小Y的确是一个天生的吃货，所有的担心都是多余的。

小Y是一个对吃东西感兴趣的孩子，而我们也一直认为保护他的这种兴趣尤其重要，要让吃饭成为一件快乐的事情。所以我们总是尽量鼓励小Y自己吃饭，让他对能自己吃饭充满成就感，即使是用手抓，或者弄得满地都是也没关系。我和老公每天下班都尽量准时回家，即使小Y一个人提前吃过晚饭了，也让他和我们坐在一起再热热闹闹地加点餐，感受一下全家人一起进餐的乐趣。他一岁多以后，带他去旅行时，我们还会适当地给他开开戒，尝试一些在家没有尝试过的新奇食物。这既是让他和我们分享旅途中美食带来的乐趣，也是为了适当锻炼他的适应能力。但是我们很少为了吸引小Y吃东西而在准备他的食物时过分花心思。网上曾经流传有妈妈每天为孩子准备不同的早餐，一两个月不重样不说，还把食物摆成各种可爱的图案。在佩服这些妈妈之余，我却认为，如果一个孩子非要面对这样精心准备的食物才有食欲的话，他出门在外时该怎么办？妈妈不在身边时又该怎么办？

小Y四个月时也曾经厌奶，一岁左右曾经一度拒绝一切泥状的食物，再大一些以后偶尔也会出现胃口不好的时候。在这些阶段，我们总是本着"父母决定吃什么，孩子决定吃多少"的原则，给他尽可能多的对食物的自主权。我们不会过分纠结他每天食物的种类和摄取量，只要在一段时间内保持营养大体均衡就行。不过，虽然在吃东西的量上我们给了小Y很大的自由，但从小他都一直有严格的"饭点"，不管是小时候喝奶，还是稍大一点以后的一日三餐以及水果零食。如果他某一餐由于种种原因吃得不够多、不够好，我们也一定会等到下一个"饭点"再给他吃东西。我们相信每个孩子都不会饿着自己，只要足够饿，一定会吃得好。

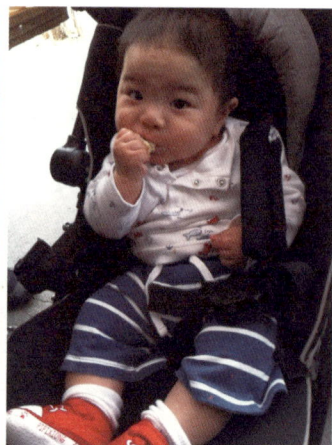

迎接第一个逆反期

　　小Y一岁半以后，开始越来越明显地表现出自己的情绪和喜好，到了大约一岁九个月时，他更开始整天把"NO"这个词挂在嘴边，有时遇到不高兴的事情，还会把玩具往地上扔，甚至把自己的头往地上撞。我们也开始严阵以待，准备迎接他的第一个逆反期："恐怖的两岁"。

　　孩子们在两岁左右出现这种"火暴脾气"，主要是因为他们的语言能力还不够完善，也还不懂得表达和排解自己的负面情绪。父母也很可能还没有意识到他们在感情和思维上的巨大变化，依然像小时候一样用简单直接的方法对待他们。但是大人越是和他硬碰硬，越容易让哭闹的程度升级。

　　那段时间，我渐渐发现对小Y说话已经需要讲究方式方法了。比如让他去洗澡，他会毫不犹豫地说NO，但是如果换一种说法说我们去玩水吧，他就会马上很乐意地跟我走。有一次小Y因为一件事大哭不止，而且越哭越厉害。我搂过他对他说，妈妈知道小Y伤心了，爸爸妈妈最爱小Y。刚说完这句话，他立刻就神奇地平静了下来。此后遇到类似的情况，只要我一说妈妈知道小Y伤心了，或者小Y害怕了生气了，他都会马上就安静下来。很明显，他是因为无法表达自己的情绪而哭闹，一旦发现自己的感受被大人理解了，心情立刻就平静了。还有一阵子，小Y生气时会伸手打人，连续发生了几次之后，我听见奶奶对他说：不能打人，打人是坏孩子，长大会变坏。我建议奶奶换一种说法试试，如果小Y再打人，在行动上阻止他这么做，然后对他说NO，但不要说"打"或者"坏"这样的字眼，以免强化他对此的印象。奶奶用这种方法试了两次之后，小Y就没有再出现过打人的举动了。

除了讲究说话的方法以外，我们也努力和小Y平等相处，给他一定的自主权。比如他每天起床，我们会让他自己选择要穿的衣服，但选择的范围不要太大，一般是二选一，免得他把自己打扮得像从马戏团出来的。去超市买东西，我会让他自己到幼儿食品那一栏，选择他想要的零食，但是每次只能选一种。他常常会在货架前犹豫很久，拿起这个又放下那个，最终做出他自己的决定。晚上睡觉前讲故事，我会允许他自己决定要讲哪一本书，他总是在两三本书里犹豫再三，然后做出非常慎重的决定。

出门旅行时，我也会故意给他一些机会来做决定，比如选择我们是坐汽车还是坐火车，虽然我明知道他的答案一定是坐火车。我还特别为小Y清理出了一个小抽屉，这个抽屉在我们的卧室里，跟他平时放玩具的地方不同。我告诉他，他可以把他认为重要的小东西放在这个抽屉里，这是家里最安全的地方，任何人都不会去动里面的东西。小Y时常会把他喜欢的一支笔、一张纸片之类的小玩意

儿放在里面。每次他玩东西在兴头上，我们却必须要带他出门时，我只要对他说，你把东西放在你的小抽屉里，等我们回来再拿出来玩吧，他就会特别容易同意。那段时间，我总是用小Y类比在青春期的自己，觉得自己已经是大人了，父母却还把我当个孩子。以此类推，两岁这个逆反期的孩子或许也会有类似的情绪。适当地给他们一点自主权，应该可以满足他们在这个年龄阶段特殊的心理需求。

此外，我觉得这个年纪的小孩子其实已经开始有基本的逻辑思维，可以听得懂一些简单的道理了。给孩子提要求时，要尽量用他们能理解的语言把原因解释清楚。比如小Y渐渐长高之后，终于可

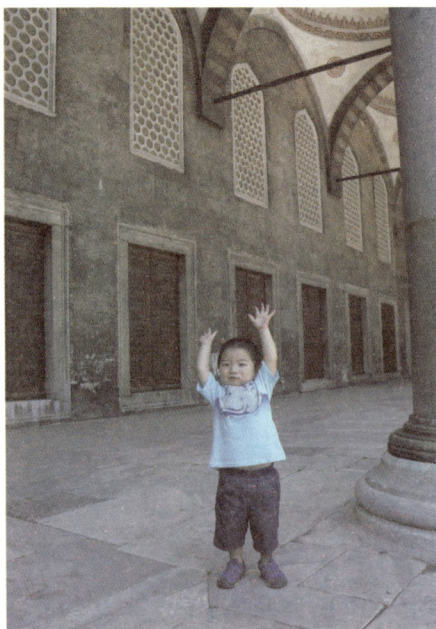

以够着房间门的扶手自己开门了，有一阵子他很热衷于把房间门打开又关上。在他已经熟练掌握了这个技能之后，我们觉得应该让他知道门通常不是用来玩的。于是我对他说，房间门只是在睡觉时才需要关上，白天要敞开着，爸爸妈妈才能看见你，你也才能看见爸爸妈妈，等到了晚上睡觉时，你就可以把房间门关上了。小Y居然听懂了我讲的道理，点头表示同意。而且那天晚上睡觉时，他上床以后，又特地从床上爬下来，亲自把自己的房间门关上了。

　　和逆反期的小朋友讲话，是一件颇费脑细胞的事情。他们的理解能力已经达到了一定的程度，但又不是什么都明白。很多时候并不是他们故意和父母对着干，而是父母没有找到合适的语言跟他们沟通。孩子小的时候靠的是条件反射似的培养习惯，年纪大一点以后，会越来越需要父母的耐心和尊重。我相信，父母只要在这个大原则下努力摸索，"Terrible Two（恐怖的两岁）"是可以变成"Terrific Two（美好的两岁）"。

适当降低关注度

小Y是一个幸运的孩子，他出生时，除了爸爸妈妈，还有爷爷奶奶外公外婆不远万里悉数到场。在他三岁之前，大部分时候爷爷奶奶和外公外婆也都轮流到伦敦来帮助我们照顾他。虽然很多育儿书都强调关注度对孩子的重要性，我们也完全赞同这种观点，但另一方面，这种家里四个大人围着他转的状态，也让我们有些担心关注度太高可能产生的负面效果。

在我们的周围，有很多同样有小宝宝的西方家庭，他们极少有老人来帮助照顾孩子。我的两位同事，孩子和小Y差不多大，白天孩子跟着保姆，晚上和周末则完全由爸爸妈妈照顾。平时在公共场合，我们也经常看见爸爸或妈妈用推车推着孩子买菜购物，小宝宝们大多都静静地坐在推车里不吵不闹。偶尔也会遇到有小宝宝不高兴在推车里吵闹的，他们的父母通常也并不太急于安抚他们，还是会继续很淡定地买自己的东西。我们觉得，这种适当的"忽视"孩子，对他们的健康成长也是有很多好处的，甚至可以说和给予孩子足够的陪伴与关注同样重要。

　　我和老公都是中国的第一代独生子女，从小我们就经常听人说我们这一代人都是家里的"小皇帝""小公主"。我们觉得，出现这种情况的原因之一，就是家里人太把孩子当成宝贝，围着他转的大人太多。孩子的任何需求，总是会在第一时间从某个成年人那里得到满足。久而久之，孩子就自然而然地觉得自己是一切事情的中心了。我们希望避免这种情况出现在小Y身上，在让他感受到足够爱和关注的同时，也让他明白他并不会时刻都是全家的中心。

　　小Y半岁之前，家里的大人之间有一个约定，每天不同的时间段只由一个人负责照顾他，以此来避免一家人围着他团团转的状态。等到他半岁之后，我们开始每一到两周请一次临时保姆照顾小

Y一天，用西方保姆比较粗放的育儿方法来平衡爷爷奶奶可能过于无微不至的关怀。那时候小Y还不会走路，阿姨却很少抱着他玩，总是用各种方法鼓励他自己在地板上活动。小Y哭闹时，她也很少马上把他抱起来安抚，而是用语言问他怎么了，或者用玩具转移他的注意力。我们很快发现，保姆阿姨来的日子，小Y活动量总是比平时大，晚上总是睡得特别好。

到了小Y十五个月时，我们开始送他去幼儿园。从每周一个半天开始，逐渐增加到三个半天，直到接近两岁时开始上两个全天。我们在家里有外公外婆或者爷爷奶奶可以全职照顾小Y的情况下依然送他去幼儿园，但是又没有一周送去整整五天，就是希望在家里一对一的关注与幼儿园的集体生活中找到一种平衡。随着上幼儿园的时间越来越长，小Y变得比以前独立自信了。他更乐于自己吃饭，自己睡觉，自己玩。跟我们去旅行时，他自己背包，自己走路，不会经常要求大人抱而且也很少哭闹。这些收获，正是我们坚决送他去幼儿园希望得到的。

小Y两岁之后，我们刻意把外公外婆和爷爷奶奶总共来英国的时间缩短到了八个月。这也就意味着一年当中有四个月的时间，我们三个人需要自

力更生。很多人都不理解我们为什么要这么做，两个人都全职工作又明明有老人可以帮忙，为什么非要自己带孩子。其实我们就是觉得需要让小Y适当地过一过和爸爸妈妈"相依为命"的生活，体会一下没人围着他转的"苦"日子。这样做最明显的变化是小Y和爸爸单独相处的亲子时间显著增加了。同样，外出旅行时，我们也开始注意把小Y喜欢的活动和大人想去的景点交替安排，让他适当地体会一下等待和迁就别人的感觉。我们希望他明白，爸爸妈妈一定会带他去玩他喜欢的东西，但有时候他也同样需要耐心地等待我们去做一些我们想做的事情。

在养育孩子的问题上，我始终认为凡事没有绝对，关键就是要寻找到一个合适的平衡点。过分的关注和忽视都会对孩子的成长造成负面影响，所以在必要的时候适当地降低一些关注度，让孩子明白世界并不是永远以他为中心，对他们个性的发展也是极为重要的。

别替孩子说不

　　曾经有一位妈妈留言给我说，她绝不会像我一样把几个月大的孩子带着去旅行，为了孩子健康成长，几年不能出门这种"小牺牲"她心甘情愿。这位妈妈的心情我非常理解，无论自己再苦再累，都要给孩子最好的照顾，这大概是每一位父母共同的心情。而怕孩子吃不好睡不好打乱生活规律，也的确是许多年轻父母不敢带宝宝去旅行的主要顾虑。

　　可是，我想问，你们怎么知道孩子在旅途中就一定吃不好睡不好呢？未经尝试就轻易替孩子说不，会不会有些武断呢？你有没有花点时间研究，让孩子在旅途中吃好睡好的方法呢？实际上我发现，每一个不赞成太早带孩子去旅行的人，都会有一个他们认为比较合适的年纪。有说一岁以后可以考虑的，有说至少两岁才能接受的，甚至有人觉得五岁都嫌太早。这个有趣的现象正好印证了我们的观点。孩子多大可以跟着父母去旅行，完全是父母非常主观的判断。多大的孩子不算小，每个父母都可以有自己的答案。但是，不真正地带着孩子走出去试试，没有人知道孩子会有什么样的反应，也更无从知道父母的判断是否合理。

小Y刚出生时，我们也和所有的新手父母一样诚惶诚恐，生怕一点闪失就对他造成不可弥补的伤害。第一次带他去旅行时，我们也曾手忙脚乱状况百出。但是这三年，我们一直本着循序渐进的原则，以小Y在每一次旅途中的表现为依据，一点一滴地积累带他一起旅行的实际经验。

其实孩子往往比大人想象的要皮实，平时在家里的各种讲究，在旅行的过程中偶尔打破一些，也并无大碍。比如奶瓶在家时，用专门的消毒器消毒；出门在外时，就只用开水烫一烫。比如平时顿顿为他精心准备营养大餐；出门在外，偶尔一顿白水配干面包加水果也一样管饱。小Y每一次在旅途中的表现，让我们一点点变得有信心起来。他不仅总是吃睡正常，甚至还常常因为活动量变大，反而比在家时吃得更多、睡得更香。

他三岁以前跟我们旅行过十几次，除了一岁时回中国，在PM2.5高达两百多的北京发了几天烧以外，没有在其他旅途中生过病。我们渐渐体会到，孩子能不能在旅途中吃好睡好又玩好，年纪不是问题的关键，真正的关键是父母能不能根据他的需要做好充分的准备。我们相信，只要爸爸妈妈准备好了，孩子就一定准备好了。

更何况，孩子的适应能力是越锻炼越强的，有时候甚至会让成年人感到惊讶。在我们的旅途中，小Y中午的午觉几乎都是在他的推车上解决的。在他心目中，出门时在小车上睡觉，早已成了顺理成章的事情。刚开始，一到他睡觉的时间，我们会尽量找个比较

安静的咖啡店，慢慢把他哄睡。渐渐地，他可以在任何环境下安然入睡了，甚至知道主动要求我们把推车靠背调平，自己爬上车，闭上眼睛躺好睡觉。现在，无论是在飞机火车汽车上还是嘈杂的体育比赛现场，无论是坐着躺着还是靠着，只要睡觉的时间到了，小Y都可以轻松入睡。

　　而真正让我对小Y刮目相看的，是他一岁时跟我们回中国。 第一次坐十几个小时的长途飞机，整整八个小时的时差。出发前我的担心有一箩筐，怕他在飞机上睡不好，怕他时差倒不过来。结果他在飞机上安安静静地睡了一大半行程的时间，而且到了北京之后，当天就把自己的生物钟调到了北京时间，没有出现任何时差问题。小孩子的世界原来如此简单，天黑睡觉天亮起床，居然比我们大人适应得还快。

　　小Y一岁时，我们带他去做过一次全面的过敏测试，测试的结果是他对所有食物全都不过敏，医生开玩笑说，这对他的生意不是好消息。 他还告诉我，在太干净的环境里长期生活的人，适应能力会降低，建议我们不要把家里弄得太一尘不染，不要动不动就对什

么东西都消毒。孩子不是玻璃人，他们需要生活在清洁的环境中，但不需要无菌的真空空间。我们小时候，有句常说的话叫"不做温室里的花朵"，现在我们做父母了，更要记得别把自己的孩子当成娇嫩的花朵。

很多时候，并不是孩子不行，而是大人太早地替他们说了"不"。给孩子一个机会，你或许会和我一样得到很多意外的惊喜！

职场妈妈也是好妈妈

半年产假结束之后，我在小Y四个月时，恢复了全职工作。 和一些全职妈妈相比，我能陪伴小Y的时间自然要少很多。怎么兼顾职场女性和妈妈这两个角色，成了我面临的新问题。

我曾经算过一笔账。一年365天里，我所有的周末、公共假期以及年假一共是137天，占了37.5%。再加上我平时每天能和小Y相处的两小时，大约可以达到他非睡眠总时间的一半。要用50%的时间做一个100%的妈妈，还要适当地留一点空间给自己，高效地利用好周末及节假日就变得至关重要。我们逐渐发现，在假期里带上孩子一起去旅行，正是一种把亲子互动、寓教于乐以及生活品质相结合的完美方式。

亲子互动，需要的不仅是时间上的数量，更重要的是过程中的"质量"。我觉得，全职妈妈带孩子的优势之一，是她们可以比较自由地带孩子去任何想去的地方。职场妈妈不可避免地要把孩子交给老人或保姆照顾，而老人和保姆的活动范围通常会比较局限。所以职场妈妈需要利用与孩子相处的机会，在这方面进行一定的弥补，尽量带孩子去一些新的地方，接触新的东西，增加新的人生体验。

小Y平时主要由爷爷奶奶或外公外婆照顾，每天的活动范围基本就集中在家附近的公园、图书馆或者儿童活动中心。这些地方他几乎天天都去，早就已经非常熟悉。但是，他跟我们进行的每一次旅行，却充满了无数的"第一次"。第一次坐汽车、火车、飞机、邮轮，在巴黎埃菲尔铁塔第一次从高空俯瞰世界，在巴塞罗那加泰罗尼亚广场上第一次看到成百上千只鸽子同时飞舞。把有限的时间花在刀刃上，是职场妈妈提高亲子互动质量的好方法。

所谓寓教于乐，就是在平时生活中随时对孩子进行观察，适当地加以引导，这也是全职妈妈的一大优势。不过，再忙的职场妈妈，在假期里也是一个临时的全职妈妈，就连爸爸也成了临时的全职爸爸。

小Y大约一岁半时，我们带他去波罗的海坐邮轮。那段时间，我注意到他每次被别的孩子抢了玩具，虽然很伤心，却不知道该如何应对。所以在邮轮上时，我就特地每天都带他去船上的儿童活动中心，让他观察其他孩子之间是如何处理这样的问题的。在抢玩具这件事上，我希望他

既能够学会与人分享，又知道如何捍卫自己的正当权利。别人的玩具不要去抢，但别人要来抢自己的玩具，也要勇敢地针锋相对不轻易放弃。我并没有直接告诉小Y他应该怎么做，只是坐在他身边，做他的坚强后盾，让他自己慢慢地从观察中学习领悟。一个星期的假期下来，小Y在抢玩具的战斗中就变得大胆多了。

忙碌的职场妈妈，如果想要在陪伴孩子成长的同时兼顾自己的生活品质，就更必须把孩子与大人两方面的需求相结合。比如，孩子从穿尿布到学会自己上厕所，是成长过程中的一个重要里程碑。按照育儿指南上的说法，厕所训练其实只需要一周，但大人必须能在这段时间内专注于这件事，训练才容易成功。听起来虽然不难，但平时上班的我根本不可能有连续一个星期在家的机会来亲自做这件事，为了孩子的厕所训练特地请假五天，又实在是对假期的一种极大的浪费。结果，小Y的厕所训练是在邮轮上完成的，我们一边旅行，一边训练。这个特殊的安排，让我们既没耽误游山玩水，又没有错过孩子成长过程中的关键时刻。

我曾经遇到过一个事业上非常成功的前辈，她同时也是两个孩子的妈妈。我问她做一个成功的职场妈妈的秘诀在哪里，她的答案是：学会取舍。对工作进行取舍，你就不用每天都加班回不了家；对陪伴孩子的形式与内容进行取舍，职场妈妈也能成为百分之百的好妈妈。

规矩是用来遵守的

这几年每次回国，总是会听到有国内的朋友说：我们家的孩子教育方式是和国际接轨的，孩子想干什么就干什么，完全自由放养。其实这完全是一种误解，我所接触到的西方家庭，孩子要遵守的规矩实际上很多，他们的自由往往都是以一定的行为框架为前提的。

记得我结束产假刚回公司上班时，正好公司组织了一次有关子女教育的讲座，主题就是如何给孩子订立规矩。讲座刚开始时，主讲人问了大家一个问题，在家里都给孩子订立了什么样的规矩。同事们五花八门的"家规"让我大开眼界：必须在自己的床上睡觉，必须把盘子里的饭菜吃干净，必须自己扔尿布，出门必须自己背包，甚至还有人规定早上七点半以前不能进爸妈的房间。整个讲座我记住了几句话：（1）规矩不要太多，两三条就好；（2）规矩是用来遵守的；（3）规矩是给全家人订的。

在我们家，也有一些大家一起遵守的规矩，比如吃饭不可以看电视。其实，小Y还是个小宝宝的时候，这个规矩更像是给我们大

262

人制定的，因为他一岁半前我们本来就完全不让他看电视。那时候，即使是有老公最爱的球赛，吃饭的时候我们也一定会把电视关掉。小Y虽然不一定懂，却逐渐因此养成了习惯。等到他一岁半以后，我们开始让他每天看五到十分钟的电视了，他也很自然地知道吃饭的时候不可以看电视。每次到了看电视的时间，他都会又兴奋又激动地自己爬到沙发上，端端正正地坐好等着看。但是只要时间一到，电视一关，他又会自己开心地去玩别的东西了，从来没有因为我们关掉电视而哭闹过。而现在，他对看电视已经几乎没什么兴趣了，很少自己要求看，反而是我们有时候会主动问他想不想看电视。

　　我们全家一起遵守的第二个规矩是吃饭要坐在自己的座位上。我们是小Y半岁时开始给他添加辅食的，那时候他才刚刚学会坐。

也就是从那时起，小Y就在餐桌边有了自己的座位。只要他吃饭，一定是坐在自己的座位上。如果他从座位上下来玩，就表示他吃饱了，没有人会跟在他后面继续喂他。因为这个规矩开始执行得很早，小Y很自然地就养成了坐在餐桌边吃东西的习惯，没有吃饱之前不会随便离开。

其实不仅在家时需要为孩子制定一些合理的规矩并不折不扣地执行，出门在外时也是一样。比如我们带小Y乘坐汽车外出时，一定会让他坐安全椅。这条规矩严格说来应该不算是我们给他定的，而是法律规定，是从他出生后离开医院时第一次坐汽车就开始执行的。小Y还是个小宝宝时，有时候坐车的时间比较长，也会在位置上坐不住想下来。那时我总是会尽量用玩具或者吃的哄他，或者干脆计算好时间让他上车就睡觉。但是如果实在哄不住，就算他在安全椅上放声大哭，我也不会轻易把他从座椅上抱下来。等到小Y一岁多开始懂事后，我们更加注意在他面前以身作则坚持系安全带，而他也逐渐接受了这条雷打不动的规矩。每次一上车不仅自己主动系好安全带，而且还会很认真地检查车上的每个人是不是都系好了。

除此之外，我们带小Y外出旅行时，还一直坚持不把手机和iPad等电子产品作为让孩子安静下来的手段，而我们自己也尽量不在他面前玩。带小Y坐飞机坐火车时，我们情愿自己累一点陪他，也从不会随便塞一个iPad或者手机给他让他自己消磨时间。直到现在，小Y对电子产品的兴趣都还非常有限，在旅途中他更愿意听我们给他讲故事、自己玩飞机火车，或者在纸上写写画画。虽然有时候他也会用我们的手机看照片或者听音乐，但玩了一会儿之后一定会主动还给我们。

　　小孩子没有明确的是非观念，简单清楚的规矩加上坚持执行，其实是让他们明白行为"边界线"的好方法。在小Y的不同成长阶段，针对他的不同特点，我们给他制定过许多不同的规矩，但每个阶段规矩的数量都很有限，而且一定是雷打不动地执行。十条不严格执行的规矩，不如一条认真遵守的准则。杂乱而繁多的规矩只会让孩子觉得无所适从；而恰当合理的"规矩"，才会让孩子慢慢变得"懂道理"起来。

穷养与富养

时常有人问我们，你们怎么会有这么多钱和时间带着孩子满世界转。其实我和老公都是上班族，既不是大款也不是自由职业者。我们的钱和时间，源于我们多年来一直坚持的一些生活理念。我们平时的工作虽然也比较忙，一天要工作十到十二个小时，但是我们周末不加班，不经常出差，年假可以完全自由支配。我们没有为了更高的职位或者更多的收入，而无限度地牺牲自己的私人生活，或者去做一些不喜欢的工作。

我们一直通过合理消费，来减少追求金钱的压力，让我们有更多的自由把钱和时间花在我们喜欢的地方。我和老公结婚多年，一直没买在西方社会非常重视的订婚戒指，其实我们随便出去旅游一次的钱可能就足够了。我们也买了房子，但房子是二手的，一直没有重新装修，旧房子旧家具收拾整齐了一家人也住得很舒服。无论是在生活中还是出门旅行，我们都抱着既不苦挨也不奢侈的原则，追求最佳性价比。

有了小Y以后，我们更是把这种精神充分地发扬光大。小Y有一个Stokke的推车，还有一个Stokke的婴儿餐椅，这个牌子的产品都价格不菲，用外公的话说，都是"富二代"的标准配置。产品的设计我们很喜欢，推车让小Y坐在里面可以近距离地和我们交流，而婴儿餐椅让他从小就能和全家人一起围坐在餐桌边。不过，这两样东西都是老公在eBay上给小Y拍下的二手货，只花了不到原价三分之一的价钱。推车是前一个小主人放在爷爷奶奶家的备用品，虽然用了一年多，却还有八九成新。买餐椅取货时我们和卖家聊得很投机，对方还主动要求给我们打折。

小Y的第一个汽车安全椅，是我们花了原价不到十分之一的价格买的。因为小宝宝出门的次数有限，卖家只用过两三次。他很喜欢的Fisher Price热带雨林玩具毯，是爸爸跟同事买的。而且等小Y一岁以后不用了，爸爸又把它原价卖给了另外一个同事。小Y出生时，爷爷奶奶外公外婆都从中国给他带来一大堆衣服。但是小孩子长得快，很多衣服只穿一两次就没用了，有些甚至因为大小和季节不配合，连商标都没拆就不能穿了。从此以后我们不再让家里的老人给小Y囤衣服，缺一件买一件，按需采购。

至于早教，除了每周游一次泳以外，三岁以前基本上没正经上过什么其他的早教课。但是从半岁开始，社区图书馆的"故事会"他几乎天天去，在那儿听阿姨讲故事唱儿歌。图书馆不仅离家近，免费，而且还能经常遇到住在附近熟悉的小朋友。我们还给小Y办了一张图书馆的儿童借书证。那里书又多又全而且更新很快，他可以慢慢地挑仔细看，找到真正喜欢的，再借回家。这样一来，连给他买书的钱都省了很多。

　　这些在平时通过合理消费省下来的钱，积少成多，不仅让我们有能力和小Y一起周游世界，而且还让我们在带他旅行的过程中有了更多的自由度。为了减少旅行对他日常作息的影响，我们会选择离家近的机场，还有和他睡眠时间相配合的航班。这些航班的票价可能比红眼航班贵，但却物有所值。每一次旅行，我们总会尽可能选择位置优越的酒店，减少奔波于景点和酒店之间的麻烦。在巴黎，我们住在埃菲尔铁塔脚下；在巴塞罗那，我们住在加泰罗尼亚广场边；在罗马，许愿池就在我们的酒店旁边。位置好的酒店必然也有相对更高的价格，所以我们常常开玩笑说，小Y真是个孝顺的好孩子，平时自己省吃俭用，让爸爸妈妈旅行的档次也上了一个台阶。

　　我们觉得，对事业的追求本无可厚非，但其目的不应该仅仅是赚更多的钱。其实，孩子是没有太多物质上的要求的，他们不需要穿什么名牌，玩具也不是越贵就越喜欢。对他们来说，更宝贵的是爸爸妈妈能给予他们的时间和精力。如果为了给孩子创造更好的经济条件，以牺牲亲子时间为代价，每天加班，周周出差，那完全是得不偿失。也许只要我们多花一点心思，把钱花在刀刃上，就可以用同样多的钱，办成更多的事。我们更愿意对孩子在物质上适当穷养，在时间和精力上尽可能富养，尽可能在两者间找到一个最合理的平衡点。

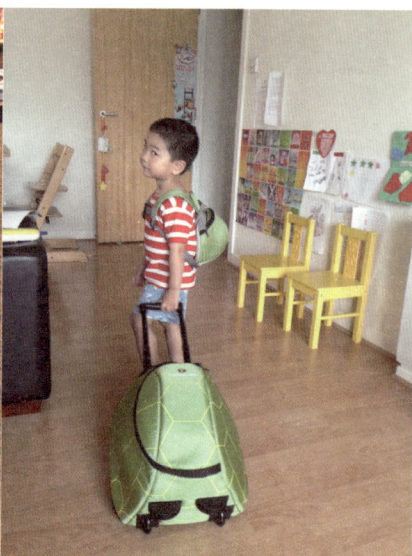

食物必须要加热吗

小Y刚出生时一直不会自己喝母乳，我们想尽各种办法，医院每天派专门的母乳喂养护士对我进行特别辅导，但他就是不开窍。每次喂奶我都被折腾得满头大汗，他也急得哇哇大哭。医生说，有些孩子天生就很会喝奶，有些却需要一段时间的学习，小Y显然属于后者。不过条条大路通罗马，保证他吃上母乳是关键，怎么吃的并不重要，于是我每天都把奶挤出来用奶瓶喂他。

奶刚挤出来时，还带着妈妈的体温，但小Y并不一定马上要喝，或者喝了一部分剩下了。凉了的奶需不需要重新加热再喂，成了一个问题。医生告诉我们，挤出来的新鲜奶可以在室温下保存4小时，只要没有放进冰箱冷藏过，就可以用室温的母乳直接喂。即使要加热，也只能用温水把奶加热到人体的温度。反复加热母乳不仅会破坏营养成分，而且会让奶更容易变质。一开始我们还对医生的这种说法有些怀疑，但试着给小Y喝了几次以后，他都反应正常完全没有问题，我们也就开始放心大胆地给他喝室温的奶了。当然，这里的"室温"，主要是指二十度左右的正常室内温度，需要

父母根据孩子的实际情况灵活掌握。绝对不是说室温到了零下，也继续给孩子喝零度的冰奶。

　　小Y在满月时终于悟出了自己直接喝母乳的方法，但是考虑到我三个月之后产假就要结束，为了让他习惯奶瓶，我依然常常把奶挤出来，不加热直接喂他。这样一来，等到小Y半岁左右开始添加辅食时，他已经养成了只吃室温食物的习惯，即使原本热的饭菜，包括肉类，也要特地放凉了才肯吃。而这样吃着室温食物长大的他，三岁以前只拉过两次肚子。

　　小Y这个无意间培养出来的"好习惯"，在我们带他去旅行时给我们带来了极大的方便。他两个月时跟我们去怀特岛，有时候出门在外不一定方便喂奶，我总是会随身带上一瓶挤出来的母乳，保存在室温下以备不时之需。小Y跟我们去巴黎时才七个多月，刚刚从全母乳过渡到了全奶粉喂养，而且也开始添加一些辅食。我们为他准备了液体奶和品种丰富的婴儿便餐，不仅有米糊、蔬菜泥、肉泥，还有各种水果泥，而这些食品都是可以不用加热像牙膏一样挤出来就直接吃的。这样一来，无论是在火车上酒店里，还是在埃菲尔铁塔这样的著名景点，只要到了小Y的饭点，我们都可以马上像变戏法一般为他变出一顿大餐，完全不用费劲地找地方给他热奶热饭。

　　我们在小Y一岁时带他回中国旅行，亲朋好友聚会时，小Y的随身物品总是明显比别的小孩少，因为我们从来不需要带保温杯热水瓶这类东西。而那时吃饭还比较慢的他，每顿饭吃到后面饭菜都早已经凉了。时常有亲友好心提醒我们别给小Y吃凉的东西，小心拉肚子，更有餐厅的服务员热心地提出帮小Y把菜热一热。每次我们谢绝别人的好意，告诉大家这孩子习惯吃凉的东西时，得到的都是一脸的惊讶和疑惑。有的长辈甚至对我们说，一直以为孩子吃了凉的会伤胃，但长得白白胖胖吃得开开心心的小Y，颠覆了他们几十年的信仰。

在平时的生活中，以及出门旅行时，我们其实遇到过很多和小Y一样的孩子，吃没加热的婴儿便餐，喝凉的奶。人的生活饮食习惯大多都是后天养成的，咱们中国人喜欢吃热饭喝热茶，老外却经常嚼生菜灌冰水。在我看来，两种习惯都很正常，两种习惯也都很健康。而我们也并没有刻意培养小Y吃不加热的食物，只是一直相信他的肠胃有足够的承受力，热的冷的应该都能够消化吸收，就在不知不觉之间形成了他现在的饮食习惯。由此给我们在旅行中带来的方便，其实只是一个意外的收获罢了。

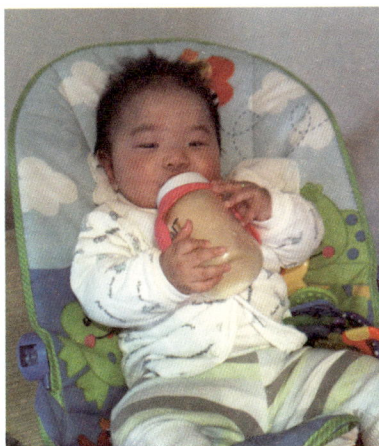

睡眠习惯比整觉更重要

刚出生的小宝宝，夜里总是会频繁地醒来，这大概是让爸爸妈妈们最辛苦的地方了。宝宝什么时候开始睡整觉，似乎成了父母是否育儿有方的标志。在这一点上，小Y从来就没有当过所谓的"天使宝宝"，他两岁以前，一觉到天亮的日子屈指可数。一两个月时，因为饿得快，加上吐奶和婴儿肠绞痛，他几乎两个多小时就会醒一次。直到四五个月时我们慢慢给他断了夜奶，又狠下心进行了几次"睡眠训练"，小Y才勉强开始睡整觉了。但是好景不长，他很快又因为湿疹而在夜里频繁地醒来。等湿疹控制住之后，我们还没来得及高兴，他又开始长牙了，尤其是长大牙时，一到半夜就醒来尖叫大哭。即使到了他两岁以后，可以一觉睡上十二个小时了，有时依然还会由于各种原因在半夜醒来。

小Y为什么还不睡整觉，曾经是一个让我非常纠结的问题。我每天都在分析原因，每天都在查阅资料，几乎要把这件事当成一个科研项目来研究了。直到小Y半岁多，我才渐渐接受他是一个夜里容易醒来的孩子这个事实，开始把更多的注意力转移到陪他玩、给

276

他唱歌讲故事上。他晚上如果睡得好，我会很高兴；他晚上如果醒来，我就当是自己半夜起来上个厕所，把他再哄回去。他睡不睡整觉，对我来说变得越来越不重要了。

　　然而，孩子睡眠习惯的好坏和睡不睡整觉并不是一回事。不睡整觉的小Y，却有着可以在任何地方任何环境下入睡的能力。不管是在飞机、汽车、火车上歪着倒着，还是在完全陌生的酒店房间里，也不管周围的环境是否嘈杂，只要到了睡觉的时间，小Y都很容易就能入睡。我们带他去巴黎时，遇到环法自行车赛，马路上人声鼎沸，小Y却纹丝不动在小推车里睡足两小时。我们带他回中国，十个小时的旅程，他在长途飞机的婴儿躺椅上睡了七八个小时，不仅丝毫没比在家里睡得差，还让抵达之后调整时差变得易如反掌。他快两岁时跟我们去罗马，甚至已经知道在想睡觉的时候主动要求我们把推车给他放平，自己爬上车倒头就睡。因为有这个优点，我们带小Y出门

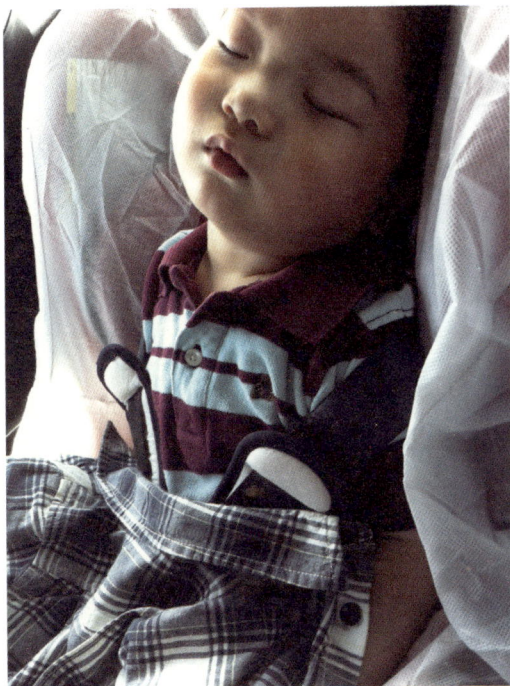

旅行时，他很少出现因为环境改变或行程安排而让睡眠受到明显影响的情况。他总是能该睡的时候睡，该醒的时候醒，和家里的作息大体保持一致。

现在回想起来，小Y的这种能力，除了天性之外，或许还得益于我们对他睡眠习惯的一些锻炼和培养。比如他平时有非常规律的作息时间，久而久之，强大的生物钟总是让他一到该睡觉的时候就准时开始哈欠连天，不用太费力哄就自己睡着了。又比如他白天在家里睡觉时，我们不会刻意保持安静。如果去公共场合，也一定会带上推车，无论走到哪里，到了时间就按时让他睡觉。还有他从一出生开始就自己睡小床，满月以后小床更被搬到了他自己独立的房间，所以外出旅行时睡酒店的婴儿床他从来也没有不习惯。

但是，任何培养孩子睡眠习惯的方法都不是绝对的，因为每个孩子都不同，而同一个孩子在不同的成长阶段情况也会变化。比如进行睡眠训练，我们在小Y四五个月时让他哭过几次，效果非常明显，很快就开始一觉到天亮了。但是这种方法对于刚出生几个月的小宝宝并不是太适合——他们醒来的主要原因是需要喝奶。孩子超过一岁也最好不要再轻易放任他们哭，因为他们已经开始懂事，可能会造成感情上的伤害。又比如小Y从小都是自己睡，但这并不表示他从来没有和我们一起睡过觉。有时候他半夜醒来要求和我们睡，或者外出旅行时酒店里没有婴儿床，他也有过不少和爸爸妈妈躺在一起醒来的清晨。但这些都并不妨碍他每天晚上高高兴兴地爬到自己的小床上去睡觉。

两种育儿观

　　小Y出生前，除了医生指定的必读资料以外，我只看了两本育儿相关的书籍。一本是小巫的《让孩子做主》，另一本是英国超级保姆Gina Ford的 *The New Contented Little Baby Book*《超级育儿通》。没有看更多的书，除了本身不是个勤奋的准妈妈外，更主要是觉得作为一个毫无经验的新妈，完全没有对每本书去粗取精的能力，看得太多反而容易变得无所适从。

　　看过的这两本书，代表了两种截然相反的育儿观，前者倡导的是"亲密育儿法"，让孩子想吃就吃想睡就睡，一切顺其自然；而后者则强调给孩子建立严格的作息时间，包括在必要的时候进行"睡眠训练"。在我们看来，这两种育儿方法其实无所谓对错优劣，无非是父母根据自己的情况所作的选择罢了，最要紧的是选定了一种方法就坚持执行下去。

　　《让孩子做主》这本书其实是以美国希尔斯教授的"亲密育儿法"为基础，里面的很多观念我都非常赞同。比如大多数传统的坐月子的习俗都没必要遵守；孩子不用穿太多也不用在非常安静的环境里睡觉；每个妈妈都是天生的"奶牛"；亲力亲为照顾孩子的重要性；小宝宝完全可以跟着爸爸妈妈经常外出等等。然而，作者提倡的让孩子想吃就吃想睡就睡的育儿方法，却并不太适合我们的情况。作者是一个自由职业者，自身的家庭情况也决定了家里的长辈不会太多参与到带孩子这件事当中。但我是一个全职工作的标准白领，小Y满四个月产假结束之后我就重新开始了工作。 一方面我很喜欢自己的工作，做全职妈妈或者在家工作都不是适合我的方法。另一方面，我和老公生活在国外，又都是独生子女，接国内的父母来和我们同住，除了帮我们照顾小Y以外，更重要的是借此机会来享受一些天伦之乐，同时也让小Y从小和爷爷奶奶外公外婆建立起亲密的关系。所有这些，都决定了我必须要在一定程度上把照顾小

Y的工作交给可以信任的其他家庭成员。而让孩子随心所欲的育儿方法，操作起来有许多实际困难。在许多具体的事情上，如果没有一个简单明了易操作的标准，家里每个人的观点和意见将会难以完全一致。

小Y出生之后，我们选择了*The New Contented Little Baby Book*和姊妹篇*The Contented Toddler Years*作为主要参考。作者不是老师也不是医生，而是照顾过几百个小宝宝的经验丰富的保姆。所以这套书的最大特点，是对孩子不同生长阶段可能遇到的实际问题，给出了非常明确而且容易操作的指导。比如，孩子在不同的年纪应该几点喂奶，几点睡觉，几点换尿布，几点洗澡，妈妈如何自己断奶，如何给宝宝添加辅食，如何针对小宝宝和大孩子不同的心理特点进行睡眠训练，如何进行厕所训练摆脱尿布，如何应对孩子的逆反期，如何跟孩子玩，如何选择保姆及幼儿园等等。涵盖的内容虽然丰富，但每一部分都简单精练非常实用。我不仅自己看英文版，还找了中文版来给小Y的爷爷奶奶外公外婆看。每到小Y的成长进入一个新的阶段时，我都会提前给全家人讲解一下需要调整和注意的地方。有了这套书，在照顾小Y这个问题上，全家人就有了一个统一的标准，沟通起来也变得容易了。时间一长，小Y逐渐养成了非常规律的生活习惯，无论在哪里，该吃的时候找吃的，该睡的时候打哈欠，生物钟似乎比闹钟还管用。这不仅让家庭成员之间交替照顾小Y变得容易，连我们偶尔请临时保姆时，阿姨们也都可以轻松地立刻上手。最有趣的是，我们平时经常遇到一些小孩，和小Y有着非常一致的作息时间，一聊天才发现原来大家都是参考的同一本书。这样一来，就连找时间安排孩子们的小聚会也变得格外容易了。

在我们带小Y出游的过程中，他规律的生活习惯给我们的行程安排带来了很多方便。我可以准确地估计出他什么时候会困，什么时候会饿，然后做出适当的安排。需要调整他的作息时，也可以有据可依，循序渐进。而这样有的放矢地安排行程的结果，是让小Y的日常生活在旅行中依旧和平时基本保持一致，少受环境变化的影响。而他也的确每次出行都吃得好睡得香，生活非常正常。就连外公外婆和爷爷奶奶跟着我们一起旅行之后都感叹，小Y这孩子真是很适合出门呢。

生活体验是想象力的源泉

小Y三岁时，正式从幼儿园升入Pre-school，成了一名准小学生。两个月后的第一次家长会，老师给了我们一本小Y在学校的学习记录，无论是画画还是手工，每一页上老师的评语都是：excellent imagination （出色的想象力）。家长会的最后，老师还特地对我们说：看得出来他跟着你们去了很多地方！

关于培养孩子的想象力，我曾经和英国一位资深的教育顾问有过很深入的讨论。他认为西方教育推崇培养保护孩子的想象力，但想象是需要素材和基础的，没有丰富的素材和扎实的基础，想象力的发展也会受到局限。他的这种观点，可以说跟我们的想法不谋而合。我们一直认为，保护孩子想象力的最好方法，就是尽可能地少用成人的思维模式去"教"孩子，家长的任务应该是给孩子提供平台，创造素材。有了素材之后要怎么去发展创造，那是孩子们自己的事。

比如画画，因为我自己小时候学过很长时间的国画，而中国写意画讲究的是神似而不是形似，所以我一直认为孩子画的东西像不像一点也不重要，也刻意避免教小Y画任何东西。但是我给他准备了丰富的颜料和各种形式的绘画工具，从铅笔、蜡笔、水彩笔、毛笔到刷子和模具。他每次画画时，我都不会评论他画得像不像，而是鼓励他告诉我自己的画里讲的是一个什么样的故事。小Y直到三岁时也不会画最简单的人脸，但是他的每一张画里都充满了让他滔滔不绝的细节。

同样，我们带小Y去旅行，也就如同给他提供画画的颜料和工具一样，是在为他的"创作"准备素材。小Y两岁多时，我们在葡萄牙带他划船出了一次海。回家之后他立刻开始疯狂地喜欢上了玩开船的角色扮演游戏。家里的客厅变成了汪洋大海，客厅的沙发变成了船舱，而窗台则变成了码头；后来，这个游戏又逐渐发展成了先坐飞机再坐船，小Y常常乐此不疲地一玩就是一整天；而且，只要是来我们

家的亲戚朋友，无论男女老少，都少不了被邀请坐他的船一起到葡萄牙一游；再后来，家里的家具已经不能满足小Y的需求了，他干脆自己动手用积木和乐高搭建各种机场、码头、船和大桥。

当小Y在我们的客厅里"大兴土木"时，我时常惊讶于其中包含的各种小细节。他在"飞机场"里搭一个小楼，我以为是候机室，他却说那是机场高高的控制塔。他坚持在"码头"上立上一根根的小棍子，说那是用来拴船的木桩；他还在"海边"修了一个小塔，告诉我那是用来给船指路的"灯塔"。他在学校画的画，虽然我看起来一片混乱，但老师却说，小Y津津有味地给她详细描述了其中的细节，不仅有海、有船、有飞机，还有过安检时的传送带、乘客上飞机用的廊桥、往飞机上运送食物和行李的小车，以及小船

上可以直接滑到海里去的滑梯。而所有的这一切，都来自他自己的亲身体验和观察，我们从来没有对他进行过任何形式的引导与启发。

想象力，也许是孩子与生俱来的最宝贵的素质之一。对周围的一切都充满好奇心的他们就像海绵一般，只要你给他提供机会，他们对周围事物的观察力就会是惊人的，在亲身经历的基础上所迸发出来的想象力更会是天马行空。作为父母的我们，通过旅行也好，运用其他手段也罢，丰富孩子的生活体验，应该都是绝对不容忽视的。

我们的后旅行生活

　　到小Y 3岁为止，我们带着他一共进行了大大小小16次旅行。在每一次旅行中，总是会有一些小细节让我们感受到小Y和前一次的不一样。他仿佛就在这一次次的离开与回来之间，慢慢地长大了。

　　每次旅行回来，小Y多少都会需要重新适应一下平时的正常生活。比如，我们在假期中每天都和他在一起，但旅行结束之后，就又要开始上班了，而他也需要去幼儿园了。所以我总是会提前提醒他，让他能有一点思想准备。有时候我们还会在旅途中故意买一些小零食让小Y带去幼儿园和老师同学分享，以此帮助他重新融入幼儿园的集体生活。不过，要想让孩子尽可能容易地在旅行之后回归正常生活，更重要的还是在旅途中努力和家里的习惯保持一致。比如如果孩子在家里是自己睡，在旅行中也要尽量让他自己睡酒店的婴儿床。

　　每次旅行中，小Y也总是会有一些意想不到的变化，而我们通常会在回家之后刻意地加以强化。比如他一岁多去坐邮轮时，受船上就餐气氛的影响，每一次晚餐都围着餐巾，坐得端端正正地吃饭，而且还因此被船上餐厅工作人员大大表扬了一番。回家以后，我们就常常在吃饭的时候故意提及此事，高帽子被戴上后，小Y在家里吃饭也变得规矩多了。

反过来，如果在旅行中遇到了一些问题，我们也会在回家之后想办法解决。比如小Y曾经一度不愿意在飞机上系安全带，回家后我们就常常跟他强调动画片或图书里主人公系安全带的细节。他也曾经有一段时间很抗拒坐推车，我们就在平时生活中特别坚持外出必须坐推车的原则，并且让他逐渐体会到，坐推车不等于失去自由，只要到了目的地，爸爸妈妈一定会马上让他下来玩个痛快。这样一来，等到下次再出门旅行时，原来的问题就迎刃而解了。

另外，随着小Y逐渐长大，我们也会在回家之后有意识地和他一起回顾旅途中的一些见闻。比如和他一起看照片，或者鼓励他描述一些印象深刻的小细节。小Y两岁多时，由于我们很少在家里和他说英文，他在幼儿园时本来不太爱主动跟人说话，但是，渐渐地，小Y每次旅行回来，都会愿意把自己觉得好玩有趣的事情和老师同学分享。这对于他突破用英语与人交流的障碍，起到了非常关键的作用，进而也促进了他社交能力的发展。到小Y三岁之后，他居然变成了班上不折不扣的"话痨"，甚至还有小朋友和他一起玩时，因为插不上话而给急哭了。

旅行对孩子和大人来说最大的价值，也许是体验这个世界的多样性，是领会到世界正是因为不同所以才精彩。比如在伦敦汽车是靠左行，过了个海到了法国就靠右行了。比如在欧洲的公共交通上乘客是可以吃东西的，但在香港等亚洲地区这却是被禁止和视为不礼貌的。比如西方国家的礼仪比较注意与陌生人之间保持适当的距离，但在土耳其人们却喜欢和可爱的小孩亲密接触。当孩子在旅途中体验这些不同之处之后，更可以借此让他们在日常生活中学会对不同的文化和观点的包容。

小Y生活在伦敦，在这个国际化的大都市里，他有着得天独厚的接触不同文化的机会。在他自己幼儿园的班级里，就有超过一半的小孩来自双语家庭，家长们的家乡遍布除了南极之外的六大洲。这些从不同家庭出来的孩子，个性也千差万别。比如有些孩子习惯见到喜欢的人就冲上去拥抱加热吻，有些孩子却比较抗拒较多的肢

体接触。来自美国家庭的孩子往往个性张扬热衷体育，而来自印度家庭的孩子则常常能歌善舞多才多艺。我们一直非常鼓励小Y多和这些孩子交往。每次去旅行的目的地如果正好和他的某个小伙伴的背景有关联，就会提醒小Y给他的朋友选一份小礼物带回伦敦，进一步拉近孩子们之间的距离。而小Y也的确从别的孩子身上学到了很多我们这个中国式家庭无法给予他的东西。

　　旅行只是生活的一部分，而生活则是旅行的延续。如果人生是一首歌，每一次旅行都不过是这首歌中的一个音节，更主要的部分，还是日常生活中那些普普通通的日子。

图书在版编目（CIP）数据

小脚丫丈量大世界 / 张灯著. — 青岛：青岛
出版社，2015.6
　　ISBN 978-7-5552-2319-1

　　Ⅰ．①小… Ⅱ．①张… Ⅲ．①散文集－中国－当
代Ⅳ.①I267

中国版本图书馆CIP数据核字(2015)第124131号

书　　　　名	小脚丫丈量大世界
作　　　者	张　灯
出 版 统 筹	侯　开
选 题 策 划	杨　琴　闫瑞娟
责 任 编 辑	杨　琴
出 版 发 行	青岛出版社
出版社地址	青岛市海尔路182号（266061）
本社网址	http://www.qdpub.com
邮购电话	010-85787680-8015　13335059110
	0532-85814750（传真）　0532-68068026
印　　　刷	三河市南阳印刷有限公司
开　　　本	880×1230毫米 1/32
字　　　数	180千字
印　　　张	9.5
版　　　次	2015年6月第1版，2015年6月第1次印刷
标 准 书 号	ISBN 978-7-5552-2319-1
定　　　价	39.80元

编校质量、盗版监督服务电话 4006532017
青岛版图书售后如发现质量问题，请寄回青岛出版社出版印务部调换。
电话：010-85787680-8015　0532-68068638